Leonard Heffels
Hiobs Freunde

Leonard Heffels studierte Kunst in Maastricht und Pädagogik in Amsterdam. In seinem literarischen Werk setzt er sich intensiv mit biblischen Themen auseinander und bewegt sich dabei im Grenzbereich zwischen Lyrik und Prosa, so zum Beispiel in *„Wer mit Gott geht…"* und *„Volkes König"*. Auch seine Novelle *„Marthas Geschick"* ist geprägt von einem lyrischen Sprachstil, der eine große atmosphärische Dichte schafft. Damit wirft er ein neues Licht auf ihre Protagonisten, die einfühlsam und tiefsinnig dargestellt werden. Bei TWENTYSIX erschienen von ihm ferner der historische Roman *„Daniels Vermächtnis"*, *„Dinahs Ehre"* und der unkonventionelle Glaubensroman *„Sieben"*. Unter dem Pseudonym Nerodal Feh Fesl veröffentlichte er den zweiteiligen Roman *„Die Vorbotin"*.
https://www.leonard-heffels.org

LEONARD HEFFELS

Hiobs Freunde

Ein denkwürdiger Besuch

Novelle

TWENTYSIX – Der Self-Publishing-Verlag
Eine Kooperation zwischen der Verlagsgruppe Random House und BoD – Books on Demand

© 2020 Heffels, Leonard

Herstellung und Verlag:
BoD – Books on Demand, Norderstedt.
Covergrafik: Janusz Pienkowski/ Shutterstock.com

ISBN: 9783740713485

Die Personen

Hiob
Der einst sehr erfolgreiche und vermögende Mann ist eine Kämpfernatur. Durch harte Schicksalsschläge hat er in kurzer Zeit alles verloren, am Ende auch seine Gesundheit.

Bildad
Der Bronzeschmied ist ein Freund Hiobs aus besseren Zeiten. Er bestimmt gern, wie etwas gemacht wird, und ist für seinen Starrsinn bekannt.

Elifas
Der einfühlsame und hilfsbereite Freund Hiobs ist heilkundig, aber manchmal auch etwas mutlos.

Zofar
Der dritte Freund Hiobs zeichnet sich durch seinen Geiz aus. Er gilt als übertrieben sparsam und prangert gern die mutmaßliche Verschwendung anderer an.

Elihu
Der junge Priester wirkt distanziert und hochmütig. Offensichtlich verfügt er mehr über Bücherwissen als über Weisheit.

1

Langsam hebt er sein verhülltes Haupt, darauf bedacht kein Geräusch von sich zu geben. Aber seine Vorsicht ist unbegründet. Zutraulich ist es geworden, das Schwein, denkt er und blickt auf das graubraune Tier, das im Schatten der Felsen leise grunzend wühlt. Es traut sich hierher, völlig arglos oder unbekümmert bis nah an mein Bergloch. Ganz kurz nur hebt es den Kopf, blickt zu mir herüber und senkt seinen Rüssel wieder in den Schlamm. Es hat mich bemerkt, denkt er, es hat mich gesehen und gesehen, dass es gut ist. In diesem kurzen Moment nur, da unsere Blicke sich kreuzten, noch bevor es blinzelte und wieder wegschaute, war klar, wo jeder von uns seinen Platz hat. Zumindest war es ihm so erschienen. Das massige Tier hatte irgendeine Wurzel ausgegraben und hielt nicht einmal mit dem Kauen inne. Aber es hatte die Lage erfasst, so als hätte es die Wahrheit aus der Wurzel gekaut, so als müsste es gar nicht genau hinsehen, sondern vielmehr gründlich kauen und die Situation erschmecken. Ich werde gekostet, denkt er, es nagt an mir, so wie ich selbst an mir nage, an der bitteren Frucht meines Baumes. Nun traut es sich, das Schwein, traut sich die Augen zur Erde hin zu senken, denn ich, das wird ihm klar, bin diesem Eber vertraut, graubraun verdreckt und versteckt in der Erde, im Spalt eines Felsens.

In der Nacht hat es geregnet, nicht stark, aber lange. Erst kurz vor dem Morgengrauen hörte es auf. Als die Sonne aufging, war der Himmel fast wolkenlos. Dann wurde die Luft dunstig, inzwischen ist sie warm und trocken. Zu trocken. Das grob gewobene Tuch seines Gewands scheuert auf der entstellten Haut. Er greift nach einer Tonscherbe, die er aufgehoben, aus dem Wasser gehoben, als er gestolpert und sein

Krug am Felsen zerschellt war drüben beim Bach. Er griff noch im Straucheln danach und sah sogleich, mehr als dass er es spürte, wie sie scharfkantig seine Innenhand aufritzte. Eine dreieckige Scherbe war aus dem Krugganzen gebrochen, aber merkwürdig: Das untere Drittel des Gefäßes hatte sich abgelöst und war heil geblieben. Es war wie er selbst: aus dem Ganzen gebrochen, eine zerstörte Form, zerschlagen am Boden – und doch nicht gänzlich zerbrochen. Seitdem schöpft er Wasser mit dem Krugrest, führt ihn vorsichtig an die Lippen, als müsse der Mund die Schale erst noch herbeiflüstern.

Seine Hand hat inzwischen die Scherbe erstastet. Er schiebt sie unter den Ärmel seines Umhangs und schabt über schorfige Stellen, über die fleckige, gerötete Haut seiner Arme. Er beugt sich vornüber, um sich über Backe und Stirn zu kratzen und kratzt bis es blutet. Unter dem Druck der Scherbe, des heraus gebrochenen Stückes, brechen sie auf, die großen Geschwüre des Niedergerungenen.

Die Schweine sind einen Steinwurf weit ins Wäldchen hinein gelaufen. Er sieht sie nicht mehr, aber er hört sie im Unterholz grunzen. Weiter hinab hin zum Dorf sind die ersten Hirten unterwegs. Er hört das Blöken der Schafe, wenn der Wind zu ihm herüberweht. Die Leute aus der Siedlung dulden ihn, aber er weiß, sie tun es nur so lange, wie er hier draußen ausharrt. Ein alter Bauer überließ ihm etwas Stroh für sein steiniges Bergloch. Manchmal bringt ein Hirte ihm ein Stück Brot, ein paar Feigen oder eine Handvoll Erdmandeln. Sie geben willig, aber nicht so sehr aus Mitgefühl, mehr als ein Opfer, das man bringt, um ein übles Los fernzuhalten. So als wären sie bemüht einen bösen Dämon milde zu stimmen. Widerwillig, fast ängstlich lassen die Bauern ihn auf den Feldern nachernten. Sie wissen, was ihm geschehen ist, diesem

Schweigsamen. So mancher fragt sich: Wie furchtbar muss der Frevel dieses Mannes sein, dass der Himmel ihn so unerbittlich bestrafte. Man sieht, wie er sich über das geschnittene Korn krümmt, die wenigen aufgelesenen Ähren in einem Stofffetzen gesammelt. Man sieht ihn die rohen Körner kauen, aus dem nahe gelegenen Bach trinken.

Viele wissen noch, obwohl man nicht mehr darüber spricht, wer dieser Mann einst gewesen ist. Ja, man weiß von den riesigen Herden, die er einst sein Eigen nannte, vom Glück seines Hauses, von kräftigen, kühnen Söhnen, von keuschen, sterngleichen Töchtern. Hoch angesehen waren sie alle – vor allem jedoch das Oberhaupt selbst. Es gibt noch einige im Dorf, die früher für ihn gearbeitet haben als Tagelöhner, als Schnitter und Helfer bei der Schafschur. Er war immer gut zu ihnen, gewiss. Aber dann hat er Gott schrecklich erzürnt, muss ihn erzürnt haben.

2

Bapur schaut auf von seiner Herde, als er seinen Ältesten kommen hört. Er sieht den Jungen behände über Steine hüpfen, sieht den Beutel schlaff an seiner Seite. „Hast du getan, was ich dir gesagt habe, Saruk?", ruft er ihm zu.

„Ja, Vater. Ich habe alles auf den flachen Stein beim Wasser gelegt." Inzwischen ist der Sohn beim Vater angekommen und hockt sich zu ihm. Er schaut ihn prüfend von der Seite her an. „Er war nicht da, ich habe ihn zumindest nicht gesehen."

Bapur schaut in die Ferne. Vielleicht hat er seinem Sohn gar nicht zugehört. Dieser versucht es noch einmal.

„Ihr habt mir nie erzählt, Vater, wer dieser Mann ist und

weshalb wir ihm Essen bringen. Kennen wir ihn, ist er ein Verwandter, ein Knecht von früher vielleicht?"

„Ein Knecht war er nie, mein Junge, zumindest nicht so, wie du es meinst. Im Gegenteil! Viele Knechte hörten auf ihn. Auch ein Verwandter ist er nicht. Er ist ein Hebräer. Es ist noch gar nicht so lange her, da sah das Leben dieses Mannes noch ganz anders aus."

„Wie, dieser alte Bettler in seinen dreckigen Lumpen war einmal ein Herr?" Der Junge schaut seinen Vater ungläubig an.

„O ja, er war ein Herr, er war sogar der Größte weit und breit."

„Was ist passiert?", drängt Saruk, als er merkt, dass sein Vater schon wieder schweigend seinen Gedanken nachhängt.

„Alles hat er verloren und alles in kürzester Zeit, mein Sohn, zunächst die Herden. Als die Sabäer ihm alle Rinder und Eselinnen raubten, da mag der eine oder andere noch Schadenfreude empfunden haben. Immerhin war er vermögend und mehr als jeder andere vom Erfolg verwöhnt. Mancher hoffte wohl selbst größer zu werden, dadurch dass er geringer wurde. Und als ein plötzliches Feuer vom Himmel auch noch sein gesamtes Kleinvieh verbrannte, es geradezu aufzehrte, da meinte noch jeder: Davon wird er sich erholen. Aber dann überfielen drei Chaldäer-Horden das Lager seiner Leute und verschleppten seine Kamelherde bis auf die letzte Stute. Außerdem fielen alle seine Knechte den Räubern und Feuern zum Opfer. Da wurde es still in den Häusern und Hütten der Nachbarn und Angst um das eigene Gut und Getier ergriff die Stammesgenossen."

„Haben die Räuber uns auch überfallen?"

„Nein, wir bekamen sie nie zu Gesicht. Aber die Angst ging

um. Schließlich wich das furchtsame Schweigen aber einem entsetzten Aufstöhnen. Es ging alles ganz schnell: Ein Wüstensturm, so wurde erzählt, erdrückte das Haus seines Erstgeborenen. Nicht nur diesen erschlug das Gebälk, auch seine Schwestern und Brüder, die dort mit ihm waren. Als man dem Vater die schmerzliche Zeitung überbrachte, zerriss er sein Gewand und schor sich das Haupt kahl. Seine Trauer war grenzenlos; er hatte auf einen Schlag alle Nachkommen verloren."

Der junge Hirte schaut unwillkürlich in die Richtung, aus der er gekommen.

„Ich weiß, was du denkst, mein Junge. Du hast ihn beobachtet."

„Er war nicht da, Vater."

Bapur schüttelt den Kopf. „Nicht heute, aber vielleicht letzte Woche oder vorletzter Woche."

Saruk nickt und senkt schuldbewusst die Augen. Dann blickt er wieder hoch. „Was ist mit ihm, Vater?"

Bapur lässt sich Zeit mit der Antwort. „Er verlor", beginnt er schließlich, „nicht nur seinen ganzen Stolz – und bei Assur, das war schlimm genug – sondern auch sein Gesicht, sein Angesicht. Er verlor nicht nur sein Ansehen bei den Leuten im Land, er wurde tatsächlich unansehnlich. Keiner der Seinen konnte mit ansehen, konnte zusehen, wie ihn das Übel angriff. Eine böse Seuche entstellte seine Züge und jeder wandte sich ab, wenn er ihn kommen sah."

„Aber…", stottert der Junge, „ich meine … wie …?" Dann bricht er ab und schaut seinen Vater aus großen Augen an. Sein Mund ist offen stehen geblieben, so als würden Lippen und Zunge sich weigern weitere Worte herauszulassen.

„Ja, mein Junge", nickt der Vater, „ja, auch wir waren damals sprachlos. Es verschlug uns die Sprache. Wir fanden keine Worte. Keiner konnte ihn trösten, nicht einmal seine Verwandten. Sie alle blieben stumm, verstummten angesichts unaussprechlichen Leids. Auch wir konnten uns nicht erklären, wie es möglich war, dass einem einzigen Menschen so viel Unglück zustieß. Und das Unglück hatte zugestoßen, ihn durchstoßen, abstoßend gemacht – wir alle konnten es bezeugen."

Er schaut erneut über seine Herde hinweg, senkt dann den Blick und schüttelt den Kopf.

„Es war etwas zutiefst Unheilvolles an ihm. Es schien uns, als hätten ihn die Götter selbst heimgesucht, als würden Dämonen mit ihm ringen, ihn niederwerfen, ihn richten."

„Du meinst, dass die Götter ihn bestraften?", überlegt Saruk, der versucht das Unsägliche zu verstehen. „Dann muss er aber ein schlimmer Übeltäter gewesen sein, ein ganz, ganz gemeiner Bösewicht."

Der Vater heftet seine Augen auf den Sohn und blickt ihn an, als würde er etwas Neues an ihm entdecken, etwas Neues und doch auch allzu Vertrautes.

„Ja", sagt er schließlich, „das muss er wohl gewesen sein, ein ganz gemeiner Bösewicht. Aber…", er zögert, „keiner von uns vermochte an ihm auch nur den kleinsten Makel oder Frevel zu erkennen. Und genau das war uns so unheimlich."

3

Zofar wischt sich den Schweiß von der Stirn. Heute scheint es wieder so heiß zu werden. Er stöhnt leise beim Gedanken daran. Sie hätten doch nachts weiter reiten sollen, so wie er vorgeschlagen hatte. Aber Elihu hatte sich geweigert und gemeint, sie sollten Schutz vor dem Regen suchen. Dabei ist er doch der Jüngere, dieser Levit. Man sollte meinen, einem jungen Mann macht so ein bisschen Regen nichts aus. Aber er ist ein Empfindlicher, dieser Elihu, feingliedrig, hoch aufgeschossen, dünnhäutig. Er schaut schon immer so, als würde ihm alles zuwider sein, als wäre ihm das alles hier eine einzige Zumutung.

„He, Bildad, bist du sicher, dass wir hier richtig sind? Ich sehe weder Herden noch Hirten."

Das war Elifas, der Zofar in seinen Gedanken unterbricht. Von allen Freunden ist der ihm der Liebste, der Treueste. Elifas ist stets ruhig, hilfsbereit, verständnisvoll und friedliebend. Schon sein kugelrunder Kopf zeigt, dass er nicht gerne aneckt. Und er macht gern alles richtig, stellt gern alle zufrieden, der Gute, still und leise. Manchmal ziehen die anderen ihn auf und nennen ihn ihren Diener makellos.

„Du hast doch selbst gehört, was die im Dorf uns sagten: Dem Bach entlang gen Morgen bis hin zu der Stelle, wo die Felsen ansteigen. Es kann nicht mehr weit sein."

Unaufgefordert hatte Bildad die Führung ihrer kleinen Reisegruppe übernommen. Die anderen ließen es geschehen, denn Bildad machte das wirklich gut. Er ist ein praktischer Mensch, überlegt Zofar, als er jetzt zu ihm hinüberschaut, ein guter Planer, der immer alles im Griff zu haben scheint. Mit seiner stämmigen Gestalt, seinem harten Nacken und seinem kräftigen Kinn sieht er fast aus wie ein Ringer. Aber Zofar weiß, Kämpfe interessieren ihn nicht. Eigentlich ist Bildad ein ausgeglichener Charakter, nur Veränderungen mag er nicht. Alles Unwägbare macht ihn unruhig.

„Vielleicht haben sie uns zum Narren gehalten", gibt er nun selbst zu bedenken, „vielleicht liegen dort drüben bereits Räuber im Hinterhalt, um uns hinterrücks zu erstechen."

„Ich glaube kaum", grinst Bildad, „dass die Dorfbewohner

uns für besonders vermögend gehalten haben – so wie du ausschaust!"

Bildad und Elifas lachen und er, der von den Freunden Aufgezogene, spürt sehr deutlich, auch ohne sich umschauen, dass selbst der ernste Elihu höhnisch und genüsslich in sich hineinlächelt.

Während sie auf ihren Eseln bachaufwärts trotten, prüft Zofar in Gedanken ihre Vorräte. Sie haben gestern ein kleines Vermögen für Brot, Käse und Früchte ausgegeben. Er selbst hat gelernt, mit wenig auszukommen. Aber die anderen stopfen in sich hinein, wessen sie habhaft werden können. Es würde sie wundern zu erfahren, wie wenig man eigentlich braucht. Leider sind es seine Freunde offenbar gewohnt in Saus und Braus zu leben, und er befürchtet, dass ihre Vorräte kaum für drei Tage reichen werden. Immerhin scheinen die es sich leisten zu können. Sie haben ihm ihre Reisekasse überlassen und da hat er gemerkt, bei denen klimpert's ordentlich im Beutel. Und wie man sieht, bringen sie ihr Geld reichlich unter die Leute. Vor allem Elihu ist richtig vornehm gewandet, denkt er ein wenig empört, aber auch die beiden anderen tragen edles Tuch. Schon reichlich verschwenderisch, das Ganze.

„Hört ihr das?", ruft Elifas auf einmal. „Dort vorne sind Schafe. Wir haben die Herde erreicht."

„Das klingt eher nach einem einzelnen Tier", meint Bildad nüchtern, „vielleicht einem Ausreißer. Lasst uns nachsehen!"

Bald schon entdecken sie zwischen einigen kleineren Weißdornsträuchern ein Schaf, das mit einem Vorderbein in den engen Spalt zwischen zwei Steinbrocken gerutscht ist und feststeckt. Offenbar ist es schon länger in seiner bedauerlichen Lage. Die dunkle Haut des Beines ist an den scharfen Kanten des Felsen wund gescheuert und das nervöse Tier wirkt erschöpft.

Ohne länger zu überlegen springt Elifas von seinem Esel und eilt hilfsbereit zum Schaf hinüber. „Wir müssen es befreien und das Bein, wenn nötig, schienen. Helft mir mal!" Und dann als er merkt, dass die anderen sitzen bleiben, blickt er sich fragend um.

Bildad geht das Mitleid und Helfergebaren seines Freundes zu weit: „Wir können doch nichts dafür, dass das Tier sich eingeklemmt hat. Es genügt, wenn wir nachher den Hirten Bescheid sagen."

Von hinten meldet sich nun auch Elihu: „Was kümmert uns die Kreatur? Lass es! Die Hirten werden es schon finden – oder die Löwen. Gottes Schafe sind gezählt."

„Was soll das jetzt heißen?", ärgert sich Elifas, „Gottes Schafe sind gezählt. Meinst du, Er hat sie abgezählt; es geht Ihm keins verloren? Hat er dieses hier mitgezählt? Oder zählt es vielleicht gar nicht zu den Seinen?"

Elihu lässt sich nicht aus seiner Ruhe bringen: „Das Los des Schafes, *aller* Schafe, liegt in Gottes Hand."

„Du meinst, Gott wünscht nicht, dass wir dem armen Tier helfen?" Elifas seufzt vernehmlich. Ihn enttäuscht die Kaltherzigkeit ihres jungen Begleiters.

Zofar mischt sich ein. Er hat andere Sorgen. „Ob wir nun helfen oder nicht", meint er beschwörend, „es muss klar sein, dass wir nachher nicht für den Schaden zu zahlen haben. Was ist, wenn der Besitzer behauptet, wir hätten sein Schaf verschreckt, da sei es in den Spalt gestolpert? Wir können uns kein Bußgeld leisten."

Elifas wendet sich wieder dem Schaf zu. „Ihr seid mir feine Nachbarn", verkündet er über seine Schulter hinweg und es ist klar, dass für ihn die Sache damit entschieden ist. Behutsam nähert er sich dem Tier, versucht es zu beruhigen.

Schließlich schaut er sich um, findet einen Stock, hebt ihn auf und stemmt damit die Steine soweit auseinander, dass das Tier aus seiner Falle klettern kann. Elifas legt seine Hände um das Vorderschienbein des zittrigen Schafes, merkt aber schnell, dass nichts gebrochen ist. Sobald er das Tier loslässt, springt es davon. Ein bisschen Zuneigung hätte es schon zeigen können, denkt er ein wenig enttäuscht, sitzt auf und folgt den anderen, die bereits weiter geritten sind.

4

Er sieht sie kommen, bevor sie seine Nähe auch nur erahnen, sieht und erkennt sie sofort. Eine eigentümliche Mischung aus Freude und Furcht erfasst ihn. Beide hat er lange nicht mehr empfunden. Worüber freuen? Wovor fürchten? Hat er nicht alle Freude zu Ende gefreut, ausgefreut? Alle Siege und Erfolge so freudig durchlebt, dass jedes Hochgefühl aufgebraucht ist? Wie ein längst ausgeleerter Weinschlauch kommt er sich vor, trocken, hart und rissig. Und wer die Freude verloren hat, was hat der noch zu fürchten? Schmerzen? Sind schon da! Der Tod? Wäre eine Erlösung!

Und doch spürt er jetzt etwas wie Furcht, wie eine innere Unruhe, eine bange Erwartung. Da wird ihm klar: Es ist die Wahrheit, die ihn erzittern lässt, die einzige Macht, die er noch fürchtet, die ihm etwas bedeutet. Er bangt um die Wahrheit. Sie ist alles, was ihm geblieben, alles, was er jetzt noch verlieren kann. Und gleichzeitig verbindet sich mit dem Anblick der Kommenden ein Gefühl der Freude, der Vorfreude, als läge in ihrer Ankunft eine Ankündigung, als würde ihr Erscheinen ihm künden: Jetzt kommt die Wahrheit ans Licht.

Ihre letzte Zusammenkunft erscheint ihm wie ein Bild aus einer fernen Vergangenheit – oder aus einem fernen Land, wie ein Traumbild. Die Erinnerung daran verblasst und er fragt sich: War das nur Einbildung, war das gar nicht ich damals, der mit den Freunden gescherzt und gefeiert hat? Damals, als das Leben noch süß war. Nun ist es bitter und auch die Süße ist eine Erinnerung, eine Gaumenerinnerung, die verblasst. Er kann sie nicht mehr kosten. Wie also, wundert er sich, sollen ausgerechnet diese fremd Gewordenen die Wahrheit seines Loses lichten?

Bildad reitet voraus. Wäre anders auch schwer vorstellbar, denkt er. Bildad will das hier ordentlich hinter sich bringen. Er zieht das durch, zieht dem Unbeherrschbaren, dem Unberechenbaren entgegen, um ihm einen Platz zuzuweisen, es beherrschbar zu machen. So war er schon immer, denkt er. Immer schon zeigte Bildad dem Ungewissen die Stirn. Und jetzt kommt er hergeritten um das Eingebrochene, das über dem Freund Zusammengebrochene einzufangen. So kommt er dahergeritten, wie einer, den nichts aus dem Sattel wirft.

Nicht ganz so entschieden sehen Elifas und Zofar aus, wohl eher besorgt. Aber auch das ist nichts Neues. Solange er sie kennt, sorgten sie sich, Zofar meistens um sich, um sein Hab und Gut – Elifas eher um andere. Der Gute hatte stets ein offenes Ohr für die Sorgen seiner Brüder. Und so wandte man sich gern ihm zu, wenn man etwas von der eigenen Last abzuwälzen wünschte. Umgekehrt aber kümmerte sich kaum jemand um ihn. Das schien ihm sogar ganz recht zu sein.

Hinten reitet einer, den er nicht kennt, einer, der sich sehr aufrecht auf seinem Esel hält. Er schaut vornehm aus, blass und streng, ist offenbar ein Levit, einer dieser Besserwisser, denkt er bitter. In seiner Sippe waren sie nicht sonderlich beliebt gewesen, die Schriftgelehrten. Immer wissen sie ganz genau, was zu tun ist, hört er sein Vater noch schimpfen, pausenlos zitieren sie die Propheten, geben Anweisungen, verlangen Opfer, machen sich selbst aber die Hände nicht schmutzig. Weshalb der wohl dabei ist? Er kann nicht wirklich ein Freund seiner Freunde sein, so wie er sich abseits hält, so wie er fast schon missbilligend auf die anderen schaut. Vielleicht hat er sich ihnen bloß angeschlossen, um sicher reisen zu können. Immerhin gibt es hier draußen so viele Heiden. Aber dann bleibt die Frage, wohin er unterwegs ist, der junge Fremdling.

Er schiebt seine Scherbe unters Stroh, bedeckt sein geschundenes Haupt und senkt seinen Blick, als würde er vor sich hin dösen. Sie werden ihn bald gewahren. Er möchte ihnen das erste Wort lassen, die erste Frage. Sie sollen den Anfang machen, ihn ansprechen, aussprechen den Namen des Freundes, den er selbst seit damals nicht mehr aussprechen hörte. Ja, denkt er befriedigt, was liegt nicht alles im ersten Wort, im Anfang, der alles umfängt. Hört man genau hin, hört man in ihm auch das zweite, das dritte, das vierte und alle weiteren Worte bis hin zum letzten, in dem alles Gesagte und alles ungesagt Gebliebene ausklingt.

„Gott segne dich, Alter!"

Er blickt nicht auf, aber er weiß, dass es Bildad ist, der wenige Schritte vor seinem Bergloch hält und ihn grüßt. Er nickt leicht zum Zeichen, dass er gehört hat, offenbar aber nicht in der Lage ist, den Gruß zu erwidern.

„Wir suchen einen Freund, der sich hier in der Gegend angesiedelt haben soll. Sein Name ist Hiob. Wisst ihr, wo wir ihn finden können?"

Er strafft seinen Oberkörper, schaut herüber zu Bildad und sieht sogleich, dass der ihn nicht erkennt. Bildads Augen weiten sich aber und sein Mund öffnet sich leicht, als er das entstellte Antlitz des Ausgesetzten erblickt. „Einen Freund", räuspert er sich, „Ihr sucht einen Freund?"

„Ja", mischt sich Elifas ein, „er heißt Hiob und ist ein alter Freund von uns."

„Alter Freund", wiederholt der Kranke für sich, als versuche er zu verstehen, als müsse er sich selbst verdeutlichen, was die Männer meinen könnten. „Verzeiht", bittet er nun in Richtung Elifas, „aber sucht man nicht gemeinhin das, was man verloren hat?"

„Ähm, ja, natürlich", antwortet Elifas, der nicht weiß, worauf der Alte hinaus will.

„Ja, natürlich", wiederholt dieser und nickt wieder.

Bildad wird ungeduldig und drängt: „Wisst Ihr etwas, so sagt es uns! Ansonsten lasst uns weiterziehen."

Der Zerlumpte antwortet nicht gleich, aber sie sehen, dass seine Schultern beben. Es dauert einen Moment, bevor sie erkennen, dass er in sich hinein kichert. Dann hustet und keucht er.

Die Reiter neigen sich unwillkürlich etwas nach hinten. Man sieht ihnen an, was sie denken: Dieser bedauernswerte Mann ist nicht nur krank und entstellt am Kopf, sondern auch *im* Kopf. Er redet wirr.

Doch der Alte ist offenbar noch nicht fertig. „Verzeiht einem alten Schwachkopf, Ihr Herren, dass ich so unhöflich war, Ihre Frage nicht zu beantworten. Es ist nur so, dass ich mich fragte, wie das wohl geht, einen Freund zu verlieren."

Die Reiter blicken sich gegenseitig an, überrascht, solch gepflegte Worte von dieser Lumpengestalt zu hören. Bildad bedeutet ihm weiterzureden.

„Ich meine", fährt der Alte fort und kichert wieder kurz, „ein Freund ist doch einer, den man kennt. Und weil man weiß, *wer* er ist, weiß man dann nicht auch, *wo* er ist? Ist ein Freund nicht immer auch ein Teil von uns? Wie könnte ich ihn dann verlieren?" Er schüttelt den Kopf und den Reitern ist nicht klar, ob wegen seiner eigenen Gedanken oder ihrer Frage. „Nein", meint er dann, „was man sucht, was man suchen *muss*, weil es einem fehlt, ist doch eigentlich das Fremde. Deshalb frage ich mich, ob Ihr wirklich einen Freund, ob Ihr nicht vielmehr einen Fremden sucht."

Die vier Männer schauen etwas betreten, nachdem der Höhlenmann geendet hat. Was er ihnen sagt, ist konfus, da sind sie sich auch ohne Worte einig. Der Mann ist ein Irrsinniger, ein Einsiedler, den die Einsamkeit seiner Grotte um den Verstand gebracht hat. Aber *wie* er es sagt, *wie* er zu ihnen spricht, lässt sie aufhorchen. Etwas daran – ist es der Klang seiner Stimme? – macht, dass sie seine Worte nicht einfach beiseiteschieben können.

Also beschließt Elifas darauf einzugehen. „Vor einiger Zeit ist unser Freund über Nacht verschwunden. Das hat uns in der Tat befremdet. Wir machten uns Sorgen und schickten ihm einen Boten nach. Der Diener sollte unseren Freund suchen und ihm unsere Hilfe anbieten. Aber der Beauftragte kam nie zurück. Wir befürchten, dass er Räubern oder wilden Tieren zum Opfer gefallen ist. Wir ließen nach ihm suchen, nach dem verschollenen Sucher, am Ende aber vergebens. Danach dauerte es lange, bis wir herausfanden, wo unser Freund sein konnte."

„Wir haben ihn all die Zeit in unseren Herzen getragen", ergänzt Zofar, der sich entschieden hat, das Spielchen mitzuspielen. „So war er uns immer nah, obwohl wir ihn suchen mussten." Er betont jedes Wort, als rede er zu einem einfältigen Kind.

„Er *war* euch immer nah?", unterbricht ihn der Zerlumpte

plötzlich hellwach. „Ihr meint wohl, er *ist* euch immer nah, oder? Denn, was euch nah ist, was euch nahe geht, ist das nicht immer gegenwärtig? Also *ist* er euch nah, euer Freund, nicht wahr?"

Zofar winkt ab: „Ja, ja, schon gut, wie Ihr wollt. Natürlich *ist* mir mein Freund gegenwärtig." Er schaut hinüber zu Bildad. Der zuckt die Schultern und verdreht die Augen.

„Und wenn Euer Freund jetzt des Weges käme, hier am Weideplatz der Schweine", drängt sie der Alte, „würdet Ihr ihn sehen? Und wenn Ihr ihn sähet, würdet Ihr ihn erkennen, den Freund?" Da wird es einen Moment lang still, während die Freunde sich über die Frage wundern, die so unvermittelt daherkommt. Er kann spüren, wie in dieser Stille erst ihr Unglaube, dann ihr Entsetzen wächst, als sie erkennen: Er sitzt bereits vor uns, der Freund, und ist ein Fremder.

5

Als Hiob noch ein Junge war, überließ sein Vater ihm ein Löwenbaby. Man hatte das Tier, das erst wenige Tage alt sein konnte, allein vor einer Höhle gefunden. Offenbar war das Muttertier bei einer Hetzjagd getötet worden. Der Junge war sogleich begeistert von der drolligen Katze. Er fütterte sie geduldig mit Ziegenmilch und spielte stundenlang mit ihr im hohen Gras hinter dem Elternhaus.

Anfangs kamen oftmals Nachbarskinder vorbei und bettelten, das lustige Tier halten und füttern, sein weiches Fell streicheln zu dürfen. Aber die Löwenkatze wuchs rasch heran und nach einigen Wochen bekam der Junge immer öfter die scharfen Krallen des Tieres zu spüren. Er band sich Ziegenfelle um die Unterarme, um seine schon sehr zerkratzte Haut zu schützen. Seine Freunde blieben jetzt weg, so dass er meistens mit dem jungen Löwen allein war. Ihn reizte die Wildheit ihres Spiels, gerade weil es für ihn nicht ganz ungefährlich war. Sie balgten sich, fauchten sich gegenseitig an, zeigten sich die Zähne. Er liebte diese Kämpfe, Angst verspürte er keine.

Der Vater beobachtete seinen Sohn genau. Er hatte früh erkannt, dass sein Ältester eine Kämpfernatur war. Als man ihm eines Tages das Löwenbaby brachte, hatte er es als ein Geschenk Gottes angenommen. Es sollte den Krieger im Sohn wecken, seine Kraft und seinen Mut zu Tage fördern. Der Plan ging auf. Der Junge kämpfte furchtlos mit der täglich wilder werdenden Katze. Hiobs Mutter lag ihm inzwischen in den Ohren und forderte, dass das Raubtier verschwinden sollte. Sie hatte schon Recht. Es wurde allmählich für sie alle gefährlich. Aber er wollte noch ein paar Tage zuwarten und zusehen, wie sein Sohn den jungen Löwen weiter bändigte.

Noch Jahre später machte er sich wegen seinem Stolz, seiner Neugier und vor allem seiner Leichtfertigkeit von damals Vorwürfe. Denn bald darauf kam das, was kommen musste. Der Junge Löwe griff ein argloses Mädchen aus der Nachbarschaft an und verletzte es schwer am Bein. Seine Pranke hinterließ tiefe Schnittwunden und nur der Lärm der herbei eilenden Eltern und Knechte verhinderte Schlimmeres. Rasch war das ganze Dorf in Aufruhr. Die wütende Menge zog vor das Haus des Löwenjungen. Lautstark forderte sie Hiobs Vater auf, endlich die Wildkatze zu töten.

Hiob hatte das Geschrei der Meute gehört und war mit seiner Katze in ein nahe gelegenes Wäldchen geflüchtet. Dort nahm er das Messer, das sein Vater ihm zum zwölften Geburtstag geschenkt hatte, aus seiner Scheide. Er betrachtete die glänzende Klinge eine Weile lang, bis sein Atem sich beruhigte. Der junge Löwe lag neben ihm auf dem Boden. Hiob kraulte zunächst sein Fell, schlang dann mit einer plötzlichen Bewegung seinen Arm um den Kopf des Tieres, riss ihn nach hinten und stieß das Messer tief in die Brust der Katze. Der Todesschrei des geliebten Gefährten verstummte rasch. Nur in ihm, im Herzen des Jungen, sollte er noch lange nachklingen.

Damit aber war dem armen Mädchen und seinen Eltern in den Augen des Jungen noch keine Gerechtigkeit verschafft worden. Er wusste, es war sein Tier, der Überfall seine Schuld. Das Tier musste sterben, gewiss. Es war nicht mehr das süße Streicheltier, der tollpatschige Spielkamerad vergangener Tage. Es war zum Feind geworden, zum Menschenfresser. Deshalb hatte er es getötet. Doch auch er musste Sühne leisten. Er wollte und konnte nicht zulassen, dass sein Vater den Nachbarn Entschädigung zahlte. Also nahm er sein Messer erneut zur Hand und stach zu, stach ein auf sich selbst, durchbohrte seinen Oberschenkel. Der Schmerz war so gewaltig, dass es ihn übermannte.

Wenig später fanden ihn die Knechte seines Hauses. Das ganze Dorf war auf den Beinen gewesen und hatte die Felder auf der Suche nach dem Jungen und seinem Löwen durchstreift. Hiob war fast verblutet. Die eilig herbeigerufene Heilerin band sein Bein ab, verband die tiefe Schnittwunde und flößte dem Jungen einen stärkenden Sud ein. Die Kunde vom offenbaren Opfer des Knaben verbreitete sich rasch durchs ganze Dorf. Danach kam niemand mehr zum Vater Hiobs, um Ersatz für erlittenes Leid zu fordern.

Hätten sie es nur getan, dachte der Vater später oft. Wären sie bloß gekommen, die Nachbarn, und hätten Geld und Güter verlangt, an ihm sich schadlos zu halten. Nun aber blieb die ganze Schuld bei ihm und lastete schwer auf seinem

Herzen. Er hätte bedenken müssen, wie groß die Opferbereitschaft einer Kriegernatur ist, wie groß ihr Wille, ja ihre Sehnsucht, Sühne zu leisten. Er hätte sehen müssen, worauf das hinauslief, und das Ganze rechtzeitig beenden sollen. Er hätte es besser wissen müssen, schließlich war auch er selbst eine Kämpfernatur.

Hiob begriff erst sehr viel später, was ihn das Leben damals gelehrt hatte. Klar wurde ihm das erst, als seine Mutter ihm die Geschichte nach dem Tod seines Vaters erzählte. Aus der Sicht des Verstorbenen erzählte sie. Da verstand er: Ob Freund oder fremd, ein Löwe bleibt ein Löwe, ein Krieger ein Krieger. Treu, wirklich treu vom Anfang bis zum Ende kann man nur seiner Art, seinem Wesen sein. Wer vom Löwen Vernunft oder Rücksicht erwartet, wird genauso enttäuscht werden, wie einer, der sich vom Priester Kampfbereitschaft oder vom Diener Führung erhofft. Wer das nicht weiß, wer es nicht sieht, dem ist auch der Freund fremd.

Und noch etwas hatte ihm der Vorfall gezeigt. Es brauchte Mut, zu seiner Schuld zu stehen, seine Strafe auf sich zu nehmen. Gewiss! Aber manchmal galt es zu erkennen, dass größere Mächte am Werk waren. Und wenn man es erkannte, musste man in aller Demut akzeptieren, dass man gelenkt wurde, geführt wie ein Ochse vor dem Pfluge, und – dass man schuldlos war. Die Schuld dann aber liegen zu lassen, sie nicht auf sich zu nehmen, sich selbst nicht schuldig zu erklären – das, so hatte er gelernt, erforderte den größten Mut.

6

Hiob kommt dieser Vorfall in den Sinn, als er schweigend zusieht, wie das Entsetzen die Züge seiner Besucher verzerrt. Er weiß, was sie sehen. Sie können im Gesicht des Gesuchten nichts wiedererkennen, können sich selbst darin nicht finden. Was sie sehen, ist das vollkommen Andere, Unvergleichliche, Fremde, nichts, was sie sehen möchten. Verzweifelt suchen sie sich darin zu spiegeln. Aber wie eine gekräuselte Wasserlache, trüb und dunkel, enthält dieses Gesicht ihnen das Ebenbild vor. Keinen Halt finden sie darin und so können sie dem Blick des einstigen Freundes nicht standhalten. Sie taumeln hinein in sein abgründiges Angesicht wie in den Schacht eines Brunnens so tief, dass die Sonne sein spärliches Wasser nicht zu erhellen vermag. Und es wirft sie hin, lässt sie wie gelähmt von ihren Eseln stolpern und hinfallen am Fuße des Felsens. Sie drücken ihr Gesicht in den Staub, streuen sich Sand aufs Haupt zum Zeichen der Trauer.

Nur Elihu bleibt mit gesenktem Kopf neben seinem Esel stehen. Er teilt die Gefühle der anderen nicht, kennt diesen Hiob nicht, ist kein Freund. Schweigend blickt er auf die Reisegefährten am Boden, sieht wie sie verstohlen zum zerlumpten Alten hinaufschauen, sieht sie sich abwenden und versuchen das Gesehene von sich abzuschütteln. Eine Weile kauern sie da, in stiller Bestürzung, sprachlos und starr. Dann stammeln sie seinen Namen, sagen ihn wieder und wieder, als wollten sie den Freund, so wie sie ihn kannten, zurückholen, zurückrufen in die Welt der Ihren.

Hiob betrachtet aufgerührt, wie seine Freunde vor ihm um Fassung ringen, innerlich aufgewühlt wie der Sand in ihren Händen. Hatte er sich nicht niedergelassen hier im Bergloch, war er nicht niedergesunken wie Staub nach dem Sturm hier bei den Schweinen? Abgesetzt hatte er sich wie der Ruß einer Fackel im Innern einer Höhle, ausgestoßen von der Quelle des Lichts. Und als ihm klar geworden war, dass Gott ihn verlassen, ihn gänzlich dem Bösen überlassen hatte, war er, Hiob, es gewesen, der sich absetzte, hierhin zur Ruhe setzte, um seinen Tod herbeizusehnen. Jetzt wird er aufgewirbelt, wird alles wieder aufgewirbelt.

Überraschend behände erhebt er sich, klettert hinab und geht langsam auf die Freunde zu. Diese kommen schnell auf die Beine und weichen zurück. Er bleibt stehen, hebt entschuldigend seine Hände: „Leider kann ich euch nicht mehr anbieten als den Boden, auf dem ihr steht, und das Wasser aus dem Bach dort drüben. Knechte habe ich keine, eure Esel zu tränken." Er sieht, wie Elifas die Zügel nimmt und die Reittiere zum Bach hinab führt. „Etwas weiter vorne ist das Ufer flach", ruft er ihm nach, „das Wasser gut erreichbar!" Dann wendet er sich wieder den anderen zu: „Ja, mehr kann ich euch nicht anbieten."

Bildad hat sich als Erster wieder gefasst und winkt ab: „Wir haben heute Morgen im Dorf bereits etwas zu uns genommen. Wir brauchen nichts." Ihm ist klar, dass er mit diesem zerlumpten Kranken nicht aus demselben Krug trinken will. Dann fällt ihm ein, dass ihr Gastgeber selbst etwas brauchen könnte. „Wir haben noch …", fängt er an und deutet hinüber zu den Eseln, „möchtest du …?"

Nun ist es an Hiob abzuwinken. Kaum merklich schüttelt er den Kopf.

„Wir hatten keine Ahnung", gesteht Zofar, „ich meine, wir wussten nicht, dass du …, dass es dir so schlecht geht. Wir hörten von deinem Unglück, als wir von unseren Herden zurückkehrten. Dann haben wir dich gesucht. Keiner wusste, wohin du gezogen warst. Wir wollten nach dir sehen und meinten, wir könnten dir vielleicht helfen, aber …"

„…aber ihr wusstet nicht – wie du schon sagtest – wusstet nicht, wie tief euer Freund gefallen, wie zerfressen sein Leib vom Bösen war."

Zofar senkt beschämt das Haupt. Auch Bildad traut sich nicht, Hiob anzusehen.

„Ach, meine treuen Freunde", durchbricht Hiob die Trübsal des Augenblicks, „unter anderen Umständen würde ich euch an mein Herz drücken, aber ..." – er sieht ihre verschreckten Gesichter – „ihr werdet verstehen, dass unsere Begrüßung heute etwas weniger herzlich ausfallen muss." Erstaunt stellt er fest, dass er Gefallen daran findet, seine Gäste zu necken. Es gelingt ihm aber nicht, freundlich dabei zu lächeln und so muss er von sich selbst annehmen, muss es als gegeben hinnehmen, dass er boshaft geworden ist, vielleicht immer schon boshaft war. Mit einer einladenden Geste fordert er die Freunde auf, sich zu setzen. Dann tut er es ihnen gleich.

Schweigend sitzen sie einander gegenüber und als Hiob sieht, wie peinlich ihnen die Situation ist, ergreift er erneut das Wort, um sie aus ihrer Verlegenheit zu retten: „Ein Platz unter dem Himmel, immerhin so viel ist mir geblieben, ein Leben inmitten von Schweinen, die mich freundlicherweise auf ihrem Weideland dulden..." Er merkt, dass diese heiter hingeworfenen Sätze seine Verbitterung nicht verbergen können. Dann ärgert er sich über sich selbst: Wozu denn irgendetwas verbergen? Wem was vormachen? Und ohne seine Gäste weiter zu schonen, setzt er hinzu: „Ich habe alles verloren – versteht ihr? – alles: Kinder, Knechte, Herden, Heimat, mein Heil. Schaut mich an! So sieht ein Gottverlassener aus."

Elifas, der zurückkommend vom Bach diese letzten Worte auffängt, erschrickt darüber. Besorgt eilt er herbei. „Hiob, mein Freund, dir ist Schlimmes widerfahren. Dich verbittert dein Los. Das verstehe ich, wir alle verstehen das. Aber, ich bitte dich, lass nicht zu, dass dein Leid dich ungerecht macht!"

„Ungerecht?" Hiob schaut den Freund an. „Wann war ich ungerecht, Elifas? Wann habe ich Unrecht gesprochen, Unrecht getan? Habe ich nicht immer den Gott meiner Väter geehrt, den Sabbat eingehalten, die drei Feste des Herrn gefeiert? Ich opferte stets, wie die Priester und Schriften es mir geboten. Ich ehrte meine Eltern, hörte auf ihren Rat, ließ es ihnen an nichts fehlen. Ich gab meinen Söhnen reichlich von allem, was ich hatte, behandelte meine Knechte anständig. Wenn ich kaufte, zahlte ich einen redlichen Preis, wenn ich verkaufte, verlangte ich weniger, als ich hätte verlangen können. Nie legte ich ein falsches Zeugnis ab, nie lästerte ich über andere. Und jetzt, da ich in der Finsternis wandele, welches soll mein Unrecht sein? Willst du mir vorwerfen, ich wäre nicht dankbar? Ist es das, Elifas?

„Verzeih, du Ärmster!", bittet der Angesprochene, „ich wollte dich nicht kränken. Und welch eine Hoffart wäre das, wollte ich über dich urteilen! Ich sehe nicht hinein in dein Herz, das kann nur Er, unser aller Vater. Aber, als ich dich vorhin reden hörte, fürchtete ich, du seiest dabei, deinen Glauben zu verlieren. Das darfst du nicht, Hiob, hörst du!"

„Meinen Glauben, Elifas? Nein, den habe ich nicht verloren. Sei dir dessen gewiss, Ich glaube! Ich glaube wie du, glaube an den Herrn, *unseren* Herrn, der sich Abraham offenbarte, der Isaak vor dem Opfertod rettete, der mit Jakob am Ufer des Jabboks rang. So lehrte es mich mein Vater, so habe ich es zeitlebens getan. Und komme, was da komme, ich werde immer anerkennen, die Größe und die Macht des Himmels."

„Aber wie kannst du dann Gott verleugnen?", wundert sich Zofar.

„Tue ich das?", fragt Hiob zurück und blickt sein Gegenüber so unverwandt an, dass dieser die Augen abwenden muss. Und während der Heimgesuchte auf die gebeugte, stumme Gestalt des Freundes schaut, schüttelt er langsam den Kopf. „Nein, Zofar, nie", sagt er dann und die ganze Tiefe seines Leids klingt auf in diesem einen Wort, „nie habe ich meinen Gott verleugnet. Zu keiner Zeit lästerte ich Ihn, kam je ein Fluch über meine Lippen. Nicht ich, Zofar, habe Gott verleugnet, nein, Gott hat mich verleugnet, hat mich aufgegeben, sich von mir abgewendet. Ich rüge das nicht. Gott hat entschieden. Wer wollte darüber richten? Ich stelle es nur fest. Der Herr hat mich verlassen. Sein Auge ruht nicht mehr auf mir. Ich wandle in Finsternis."

7

Für ihn ist damit alles gesagt. Aber nicht für seine Freunde. Er sieht es in ihren Gesichtern, sieht sie erneut entsetzt. Nur zeigen diesmal ihre Züge nicht bloß Hilflosigkeit gegenüber dem Unfassbaren, nicht die stumme, ehrliche Ergriffenheit vor dem Leid des Freundes. Vorhin, als sie endlich erkannten, was sie sahen, waren sie erschüttert gewesen. Nun, da sie hören, was ihnen das Unerhörte schlechthin ist, sind sie auf einmal – im Recht. Hiob sieht, dass sie in ihrer Bestürzung, abstürzend in tiefe Verzweiflung, unverhofft Boden unter den Füßen bekommen. Und dort, stehend im Recht, schauen sie nicht länger nur betroffen auf ihn, den Gestürzten. Wäre er schweigend gefallen, der Sog seiner Tiefe hätte sie mitziehen können. Aber seine Worte, ausgerechnet diese für sie haltlosen Worte geben den Freunden Halt – und das Recht, ihn zu tadeln.

„Hiob, mein Freund…", beginnt Elifas zögernd.

Ach Elifas, denkt Hiob, du Guter! Natürlich musst *du* jetzt einschreiten, musst versuchen zu heilen, was soeben zerbrach. Erstaunlich, wirklich erstaunlich, dass jemand wie du sich ausgerechnet das Schwierigste zutraut.

„…wir sind letztlich doch alle", fährt Elifas fort, „jeder von uns, unzulänglich, unfähig den Höhen und Tiefen des Lebens gerecht zu werden. Wir werden geprüft, nicht weil Gott uns erhöhen möchte, sondern damit wir das Scheitern erfahren, damit wir uns im Scheitern erkennen. Dein vorübergehender Erfolg im Leben hat dich dazu verführt zu glauben, du selbst hast ihn dir zu verdanken. Dein Reichtum, die Segnungen deines Hauses – so meintest du wohl – seien dein Verdienst. Ich bitte dich, mein Freund, bescheide dich, erkenne sie demütig an, deine Schwäche, deine Geringfügigkeit. Allein kannst du nichts, bist du schwach, hilflos, verloren. Das lehrt dich dein Leid. Ertrage es ergeben, Hiob! Lerne ein bescheidener Diener zu sein. Im Himmel wird Gott dich dafür entschädigen und belohnen."

Bei diesen Worten fühlt Hiob eine Verärgerung in sich aufsteigen, fühlt die vertraute Kraft der Verstimmung. Er hat aber durch viele Jahre hindurch gelernt, sie zu nutzen, zu verhindern, dass diese Wut ihn spitzfindig, scharfzüngig macht. Und so erwidert er jetzt mit großer Klarheit, durchlässig und fast unbekümmert: „Du meinst, Elifas, Gott liebt den Bescheidenen, den Unterwürfigen. Du sagst, man solle seine Unzulänglichkeit annehmen, sich nichts auf seine Erfolge einbilden. Das meinst du doch, oder?"

Elifas nickt.

„Sagst du damit auch", spinnt Hiob seinen Faden weiter, „dass Gott diejenigen liebt, die sich nichts zutrauen, die sich klein machen, sich drücken, wenn es brenzlig wird? Oder lass es mich so fragen: Glaubst du, dass Gott von uns erwartet, dass wir Angsthasen und Feiglinge sind? – Nein, unterbreche mich jetzt nicht, mein Freund! Höre mich an! Wer ist der Bescheidene, was macht er eigentlich? Hält er sich zurück, weil er großherzig den anderen den Vortritt, den Erfolg und die Ehre lassen möchte? Oder ist es so, dass er sich fürchtet, dass er Angst davor hat, bis an die Grenze seines Könnens zu gehen?"

„Nur Draufgänger gehen bis an ihre Grenzen!", wirft Elifas unbedacht ein.

„Bist du nicht ein Kind Gottes, Elifas? Hast du nicht einen Vater im Himmel, der dich beschützt? Siehe, es ist genau umgekehrt: Erst wer bis an seine Grenzen geht, wird wahrhaft bescheiden. Wer ängstlich im Schatten seiner selbst ausharrt, kann weiter dem Wahn seiner Größe frönen. Du sprachst vom Scheitern. *Ich* bin gescheitert! Ich hatte alles, jetzt habe ich nichts. Ich habe gekämpft und habe verloren. Ich musste die Größe Gottes demütig anerkennen, nicht weil Er mich bezwungen hat. Nein, denn das hat er nicht. Aber er hatte die Macht, mich dem Bösen zu überlassen."

„Hiob, mein Verbitterter", entrüstet sich Elifas, „hörst du denn, was du da sagst? Willst du Gott selbst herausfordern?"

Der Leidgeprüfte antwortet nicht sogleich, sondern bedeckt sein Gesicht mit seinen schorfigen, zerkratzten Händen. So sitzt er eine Weile still da.

Elifas wartet betreten, denn er befürchtet, sein Freund würde weinen. Nein, nicht wirklich betreten, sondern eher erwartungsvoll. Und nicht wirklich befürchtet er den Zusammenbruch des Sünders, er hofft darauf. Er hofft, dass sein Freund hier und jetzt endlich bittere Tränen der Reue weint, dass er seine Gotteslästerung bereut. Gerade überlegt er, ob er hinüber gehen und den Geplagten berühren soll, da lässt dieser seine Hände sinken und blickt ihn an. Und Elifas erschaudert, als er nun in die Augen seines Freundes blickt.

„Ja, es stimmt, Elifas von Teman", spricht Hiob, „ich fordere Gott heraus. Und schimpfst du mich jetzt einen Frevler, so höre auch noch dieses: Ich bin davon überzeugt, dass Gott genau das *will*, dass er von uns, von jedem von uns, herausgefordert werden *will*. Mein ganzes Leben war voll von Zielen und Begierden. Nun, am Ende, fließt all das in einem Wunsch zusammen: dem Wunsch für Wahrheit und Gerechtigkeit zu kämpfen."

„Gott ist gerecht!"
„Nicht gegen mich!"
„Wie kannst du das sagen?"
„Wie könnte ich anders?"
„Du bist Staub, Hiob, wie kannst du meinen, den zu verstehen, der alles bis hinauf zu den Sternen erschaffen hat?"
„Sterne, ja, und Welten, Berge und Meere, Sonne und Mond, all das hat Gott wohl geschaffen, Elifas, aber mich hat er nach seinem Bilde gemacht. Wer außer mir könnte seine Gerechtigkeit erkennen?"
„Dann erkenne sie, Hiob, mein Freund! Gott hat dich gerichtet und schwer ist das Strafmaß, das er über dich verhängt hat. Prüfe dich selbst, prüfe dich nur aufrichtig und du wirst sie finden, die Schuld, die dieses Unheil über dich brachte."

Da steht Hiob auf, stellt sich hin vor den Freunden und entblößt sein Haupt. Den Männern stockt der Atem und es kostet sie Überwindung sich nicht abzuwenden, als der Geschlagene auch noch sein Gewand von den Schultern gleiten lässt. Nun sehen sie, und es überrascht sie, dass ihr Freund zwar abmagert und seine Haut geschunden ist, sein Körper aber immer noch kraftvoll wirkt, sehnig und zäh. Da wird ihnen klar, ihr Freund ist ein angeschlagener, aber trotz allem ungebrochener Krieger.

„Sag mir, Elifas, der Ziegenbock, den man am Jom Kippur in die Wüste hinausjagt, wie findet der Hohepriester ihn?"

Der Befragte schaut verstört auf den geschundenen Leib seines Freundes. Dann wendet er sich ab, als spräche er zu den anderen: „Das weiß doch jeder. Der oberste Priester wirft ein Los über zwei Böcke. Einer wird dem Herrn geopfert, der andere zu Asasel hingetrieben, vom steilen Felsen hinabgetrieben."

„Und der Bock, den das Los trifft, dem Herrn geschlachtet und gebrandopfert zu werden, würdest du sagen, dass er Schuld trägt?"

„Nein, natürlich nicht", antwortet Elifas, der nicht versteht, worauf Hiob hinaus will, „Schuld trägt nur das andere Tier, der Ziegenbock, der für Asasel vorgesehen ist."

„Durch das Los dazu vorgesehen?"

„Ja, durch das Los."

„Und diese Schuld, woher kommt die? Wessen hat sich das Tier schuldig gemacht?"

„Nicht schuldig gemacht hat es sich, Hiob, das weißt du."

„Sag es mir, Elifas, sprich es aus!"

Elifas schaut verunsichert in die Runde und wiederholt dann das, was er schon als Kind gelernt hat: „Der Hohepriester, der, der das Los geworfen hat, lädt diesem Tier die Schuld der ganzen Gemeinde auf, lässt es aufschultern sämtliche Sünden des Volkes."

„Und du willst sagen", mischt sich Zofar aufgeregt ein, „dass du die Sünden der anderen trägst und daran leidest? Das ist doch vermessen, Hiob, maßlos!"

„Nein, nein", unterbricht ihn Hiob, „mich interessiert das andere, Zofar, das Losen. Schuld oder Unschuld ist dort im Allerheiligsten des Tempels am Tag der Versöhnung nur noch eine Frage des Glücks, des Zufalls. Verstehst du? Sieh es einmal aus der Sicht einer der beiden Ziegenböcke. Das Los entscheidet, ob ich zum Herrn komme oder zum Wüstendämon Asasel. Ich kann nichts dagegen tun, ich kann mir das gute Los nicht verdienen, das böse nicht verhindern, verstehst du?"

„Nein, Hiob, ich verstehe es nicht", erwidert Zofar gereizt, „oder besser gesagt: Ich kann nicht glauben, was ich da höre. Behauptest du, dein schweres Los" – und dabei deutet er auf den zerkratzten, blutigen Leib seines Gegenübers – „sei bloß ein unglücklicher Zufall?"

„Ich habe mich nicht schuldig gemacht", erwidert Hiob entschieden. „Ihr seid meine Freunde, ihr könnt es doch bezeugen. Ich habe mich nicht schuldig gemacht und trotzdem werde ich in die Wüste gejagt, einem Dämon ausgeliefert."

„Gott würde niemals zulassen", meldet sich Elifas wieder zu Wort, „dass ein Unschuldiger verurteilt wird."

„Aber er hat es zugelassen, mein Guter, er hat offensichtlich losend über mein Los entschieden und mich einem bösen Engel in die Hände gegeben."

„Einem bösen Engel?", wundert sich Bildad.

„Ja, einer, der alles Lebensfrohe hasst, alle Freude bekämpft. Einer, dem das wuchernde Leben der Kreaturen missfällt, die unkontrollierte Vermehrung der zügellosen Geschöpfe hienieden, ihren vermeintlichen Leichtsinn. Und ihm hat auch mein Erfolg missfallen. Er hat es gehasst mit anzusehen, wie die Meinen glücklich gediehen. Mein Wohlstand war ihm ein Dorn im Auge, mein lebendiger Glaube, meine Zuversicht war ihm ein Gräuel."

„Gott würde es nicht zulassen", wiederholt Elifas mit tonloser Stimme, als suche er sich selbst zu überzeugen.

„Egal, mein Freund. Entscheidend ist dieses: *Ich lasse es*

nicht zu! Ich bin ein Bock, der sich weigert, der bockt, der die Wüste, die Verwüstung als Los nicht annimmt, der zurückkehrt zum Tempel, der dort im Vorhof ausharrt, dem es danach verlangt, zum Herrn gebracht zu werden, ihm und nur ihm zu dienen."

„Du würdest trotzdem sterben", stellt Bildad nüchtern fest.

„Ja, aber welch ein Unterschied, Bildad, welch ein Unterschied! Sterben als Verfemter in tiefster Verzweiflung oder Sterben als Gottgeweihter im Lichtkleid des Herrn. Weder Wasser und Feuer noch Tag und Nacht stellen einen so großen Gegensatz dar wie dieser zwischen den zwei Toden. Glaubst du, ich fürchte den Tod? Ich fürchte weder Strafe noch Entbehrung. Nur dem Unrecht will ich nicht zum Opfer fallen. Noch in der Stunde meines Todes will ich mit dem Herrn um die Gerechtigkeit ringen."

„Du bist wahnsinnig!" Elifas blickt ihn aus weit aufgerissenen Augen an. „Kein Mensch kann Gott herausfordern. Kein Frommer kämpft mit Gott!"

„Und doch kämpfte Jakob mit Gott am Ufer des Jabbok", wehrt sich Hiob. „War der etwa nicht fromm, der Vater der Zwölf? Und was tat Gott? Hat er ihn nicht gesegnet? Adelte er nicht den Enkel Abrahams und nannte ihn *Israel*?"

8

In der Stille, die nun entsteht, erhebt sich Elihu. Er ist die ganze Zeit etwas abseits gesessen und entfernt sich jetzt von ihnen.

Elifas bemerkt es, wendet sich um. „Wo gehst du hin?"

„Mir ist warm", antwortet Elihu, ohne sich umzusehen,

„ich muss was trinken."

„Warte, ich komme mit! Wir können alle eine Abkühlung vertragen." Dann steht er auf und folgt dem Schweigsamen in Richtung Bach.

Hiob schaut den beiden nach. „Wer ist dieser junge Mann?", fragt er und kneift dabei die Augen etwas zusammen, so als versuche er sich zu erinnern.

Bildad blickt nun auch auf die beiden Männer drüben bei den Eseln. „Das ist Elihu", meint er dann, „der Sohn Abihus, des Priesters."

„Priester?", erregt sich Hiob. „Habt ihr gemeint, ihr braucht die Unterstützung Geweihter, den Beistand Gelehrter, wenn ihr zum Elend geht? Und dann auch noch diesen Grünschnabel! Der Vater selbst wollte wohl nicht kommen?"

„Abihu ist alt und schwach", erklärt Bildad, „er verlässt das Dorf schon länger nicht mehr. Sein Sohn soll eines Tages sein Amt übernehmen, aber der ist nicht gerade leutselig. Die Menschen mögen ihn nicht sonderlich. Sie empfinden seine Art herablassend. Abihu weiß das und es bereitet ihm Sorgen. Er bat uns, Elihu mitzunehmen. Der junge Mann ist ziemlich … nun ja … empfindlich. Man erzählt sich, dass er immer fein gewobene Unterhemden trägt, weil ihn das wollene Kleid auf der Haut kratzt. Abihu selbst sagte mir, sein Sohn könne in keinem Stall arbeiten, da ihm der Mistgeruch Übelkeit verursache. Stell dir das mal vor!" Bildad schüttelt den Kopf.

„Und da hat sein Vater gedacht", führt Hiob die Überlegung zu Ende, „es würde seinem Sohn gut tun, mal hautnah zu erleben, was wirkliches Leid ist. Wenn er das überstanden hat", erbittert sich Hiob und streckt seine entblößten Arme aus, „wird er sich nicht mehr für grobe Wolle zu fein sein. Wenn er mein Blut, meinen Eiter gerochen hat und den

Gestank nicht mehr aus der Nase kriegt, wird er sich nie mehr über den herben Stallgeruch beschweren. *Deshalb* ist er hier?"

„Beruhige dich, Hiob! Du irrst dich. Abihu ist nicht blöd. Er weiß, dass man die Menschen so nehmen muss, wie sie sind – auch wenn ihm das beim eigenen Sohn manchmal schwerfällt. Nein, der Grund ist ein anderer. Elihu ist sehr belesen. Er ist bereits jetzt ein gefragter Rechtsgelehrter. Zu jedem Streitfall findet er die passende Stelle, den schlichtenden Passus. Er hat von deinem Fall gehört, von deinem Absturz in Armut und Elend. Das interessiert ihn, weiß er doch, dass alle, die dich kannten, dir einen gottesfürchtigen Lebenswandel bescheinigten."

„Alle, die mich *kannten*, Bildad, und die mich jetzt nicht mehr kennen? Die sich von mir haben täuschen lassen? Meinst du das?"

Doch bevor der Bedrängte antworten kann, kehren Elihu und Elifas zu ihnen zurück, die Arme voll beladen mit Schläuchen, Trinkgefäßen und Brotlaiben.

„Wir sollten alle etwas essen und trinken", verkündet Elifas und lädt außer Brot auch einige Früchte ab.

„Und das hältst du für eine gute Idee?", wendet Zofar ein. „Wir reden hier gerade über Leben und Tod und du…"

„Gerade weil es um Leben und Tod geht, sollten wir etwas essen", schneidet ihm Elifas das Wort ab.

Da muss auch der sparsame Zofar grinsen und er nickt anerkennend.

„Außerdem haben wir uns unserem Freund gegenüber nicht sehr fürsorglich gezeigt. Man sieht ihm ja an, dass er lange nicht mehr etwas Vernünftiges gegessen hat."

Gesehen und gewusst hat das jeder, Elifas, denkt Hiob, aber du traust dich, das Selbstverständliche zu sagen. Nein, du hast keine Berührungsängste, bist nicht peinlich berührt, mein Freund, du traust dich, dein Wort an meiner Not rühren zu lassen. Und auch wenn du sie nicht verstehst, diese Not, du weißt sie zu lindern.

Schweigend essen die fünf Männer. Keinem der Angereisten fällt etwas ein, etwas Unverfängliches, wonach sie ihren Gastherrn fragen könnten. Wie geht es den Kindern? Wie laufen die Geschäfte? Was macht die Gesundheit? Alles Fragen, die zu Unfragen geworden sind. Worüber spricht man mit jemandem, der am Ende ist?

Stillschweigend haben sich die Besucher darauf geeinigt, den Kranken nicht zu berühren. Sie stellen ihm seinen Becher mit gestrecktem Wein hin, legen Brot, Käse und Obst vor ihn auf die ausgebreitete Decke. Elifas und Zofar teilen sich einen Becher. Zur Einigung reichte ihnen ein Blick. Und Hiob spielt brav mit. Er vermeidet es, den Gästen zu nahe zu kommen. Er isst und trinkt langsam und geräuschlos, hält den Kopf gesenkt. Schließlich erkundigt er sich nach den Ihrigen. Und sie erzählen, zunächst zögernd, dann gelöster.

9

Bald aber fängt Zofar an, die Speisen wieder wegzuräumen. Und als die anderen protestieren, macht er ihnen klar, dass sie hier draußen in der Einsamkeit nicht gleich alle Vorräte aufbrauchen dürfen.

„Das nächste Dorf ist doch bloß wenige Stunden entfernt", wundert sich Bildad.

„Ja und", erwidert Zofar streng, „man weiß nie, welche Bürden wir noch werden tragen müssen."

Elifas findet diesen unverhohlenen Hinweis auf die Bedürftigkeit ihres Freundes unmöglich und peinlich. „Nun übertreib's mal nicht, Zofar! Du hast schon recht, wir müssen Maß halten. Aber man kann es mit der Mäßigung auch zu weit treiben."

„Ach so", grinst der Sparsame, „und was wäre das dann, eine maßlose Mäßigung? Das ist doch Unsinn, Elifas. Mäßigung ist immer gut. Mehr noch, ich gehe sogar so weit das Umgekehrte zu behaupten, dass nämlich viel Unglück in der Welt von der Maßlosigkeit herrührt."

„Du meinst", fühlt sich Elifas provoziert, „wer maßlos geizig ist, hat am Ende keine Freunde mehr? So was in der Art?"

Zofar geht gar nicht auf die Stichelei ein, sondern bleibt bei seiner Behauptung. „Was wird aus dem, der beim Trinken kein Maß hat? Er betrinkt sich sinnlos, verspielt sein Geld, wird von seinen Kumpanen übers Ohr gehauen, von Dirnen ausgenommen. Wenn er dann aus seinem Rausch erwacht, jammert er über sein Unglück. Und der König, der beim Bau seines Palasts kein Maß gelten lässt, wo endet der? Er treibt seine Leute an, das stolze Bauwerk höher und höher aufzuschichten, erhöht ständig die Steuern und presst den letzten Schekel aus seinem Volk. Schließlich stürzt das Herrschaftshaus zusammen und begräbt Hunderte unter sich. Das Volk gerät in Aufruhr und verjagt den Herrscher aus seinem Reich. Ähnlich ergeht es dem Feldherrn, der sich in seiner Eroberungssucht nicht mäßigen kann. Er gewinnt eine Schlacht, dann noch eine und eine Weitere. Am Ende aber schließen sich seine Feinde gegen ihn zusammen und bringen ihn zu Fall. Er verliert alles. Und denkt doch mal an …"

„Genug, Zofar", unterbricht ihn Bildad, „das reicht! Ich bin mir sicher deine ‚Beweisführung' hat jeden von uns hier überzeugt. Aber ich muss Elifas beipflichten: Du denkst bei Maßlosigkeit offenbar nur an ein Zuviel. Dabei kann doch ein

Zuwenig genauso unmäßig sein, oder?"

„Klar, wer allzu hemmungslos geschlungen hat, wird danach wohl eine Zeitlang fasten müssen, weil ihm schon beim Geruch von Essen schlecht wird. Das Zuviel zieht das Zuwenig nach sich, zwangsläufig."

„Und auch umgekehrt?", versucht es Elifas noch einmal.

Zofar stutzt einen Moment, zögert, lenkt dann aber ein. „Ja, natürlich, auch umgekehrt.

„Ich verstehe, was Ihr sagt, Zofar", meldet sich an dieser Stelle überraschend Elihu zu Wort. „Ich verstehe aber nicht, weshalb Ihr es *uns* sagt, hier in dieser Runde. Haltet Ihr uns denn für maßlos? Also ich meine, ich habe gerade wirklich nicht viel gegessen und mich beim Wein zurückgehalten. ... Oder braucht Ihr etwa mehr Geld für die Reisekasse?"

Der Angesprochene gerät nun in Verlegenheit. „Äh nein, ... äh ... noch nicht, Elihu, *noch* nicht, aber ich fühle mich verpflichtet, gut mit eurem Geld hauszuhalten." Zofar ist froh, dass ihm diese Begründung eingefallen ist und schaut zufrieden in die Runde.

„Ich bin mir sicher", erwidert Elihu in seiner geschliffenen Sprache, „Ihr hütet unser aller Geld gewissenhaft und gut. Es erleichtert mich jedenfalls zu hören, dass Ihr uns hier nicht der Maßlosigkeit bezichtigt. Das ... tut Ihr doch nicht, oder?"

Dass ihn dieser Rechthaber so geschickt in die Enge treibt, ärgert Zofar. Er schluckt trocken und starrt stumm auf den jungen Gelehrten. Die Stille wird schnell peinlich, verstärkt den Verdacht, dass er es doch tut – dass er sich sehr wohl über die Völlerei und Verschwendung der anderen ärgert. Er fängt an zu stottern, schaut fahrig von einem zum anderen.

„Vielleicht hat er dabei an mich gedacht."

Alle drehen sich überrascht um und schauen auf Hiob, der diese Vermutung vernehmlich in die Hilflosigkeit des

Freundes hineingesprochen hat. Er, der eine ganze Weile nur schweigend dasaß und zuhörte, rettet Zofar damit aus einer misslichen Lage. Aber indem er das tut, bringt er ihn in eine noch größere Verlegenheit.

„Ich… ähm … nein, ich habe nicht direkt dabei an dich gedacht, Hiob…"

„…aber?"

„Nun ja", zögert Zofar, „es ist nicht ganz von der Hand zu weisen – da wirst du mir gewiss zustimmen – dass du in deinem Leben einst ein großes Vermögen angehäuft hast."

„Angehäuft?" Hiob blickt ihn fragend an. „Du meinst so wie man Korn im Kornspeicher anhäuft, aufhäuft, wie man Vorräte scheffelt, hortet, bis man mehr hat, als man je brauchen wird, bis man die Preise in die Höhe treiben kann. Meinst du das?"

„Vielleicht so ähnlich", weicht Zofar aus, „das war nur so eine Redensart, das mit dem Anhäufen. Das musst du nicht so wörtlich nehmen. Du weißt schon, was ich meine."

„Ich bin mir nicht sicher, Zofar, nicht sicher, was ich weiß, nicht sicher, was du meinst. Angehäuft jedenfalls habe ich mein ‚Vermögen' – wie du's nennst – nie. Im Gegenteil: Ich gab stets reichlich von dem, was ich hatte. Daran solltest du dich eigentlich erinnern, Zofar, haben doch auch deine Leute daraus ihren Vorteil gezogen. Und während ich gab, wurde mehr, was ich hatte."

„Mehr?" wundert sich Elifas. „Dann war dein Haus fürwahr gesegnet!"

„Gesegnet – oder verflucht?"

„Verflucht? Hiob, ich bitte dich. Wie kannst du eine solche Fülle, ein solches Geschenk als Fluch empfinden?"

„Ach, mein Freund, glaub nicht, ich hätte je gejammert, wie es reiche Leute manchmal tun, und über die ‚Bürde der

Verantwortung', über die ‚Last der Sorge' schwadroniert. Ich hätte sie gerne geschultert. Aber das war ja meine ganze Not: Es gab keine Bürde, nichts, woran ich schwer hätte tragen müssen. Alles war so leicht, fiel mir leicht, fiel mir zu."

„Dich ehrt dein offenes Wort", lobt Bildad „denn in der Tat reden die gut Betuchten häufig so daher, als sei es unglaublich anstrengend, reich zu sein, als trügen sie ein schweres Los."

„Genau, die armen Reichen!", stößt Zofar ins gleich Horn.

Hiob wartet kurz, bis sich die aufflackernde Verachtung wieder gelegt hat. „Wie gesagt, es war gar nicht schwer – aber genau deshalb für mich wie ein Fluch, fühlte ich doch ganz deutlich, dass ich diesen Segen nicht verdiente. Mir war, als würde mein Reichtum mich verhöhnen, so wie ein Lehrer den faulen Schüler mit einem überschwänglichen Lob verhöhnt. Ich hatte nicht schuften, nicht leiden, keine Schmerzen aushalten müssen. Ich war dieser Fülle nicht wert. Und das quälte mich, jeden Tag aufs Neue. Und deshalb gab ich reichlich davon weg, vom Unverdienten. Denn dieses Unverdiente sprach mich schuldig. Und siehst du, Zofar, da war ich wirklich maßlos. Ich verschenkte, ich spendete, ich gab ohne Maß. Aber auch Gott war maßlos mit mir. Er mehrte meinen Besitz, ließ meine Geschäfte und die Geschäfte meiner Söhne florieren.

Ich sah oftmals Armut, meine Freunde, glaub mir, meine Augen waren nie davor verschlossen. Ich sah die Armen und begann sie zu beneiden. Nicht weil ich etwa Sorgen hatte, von denen sie gar nichts ahnten. Nicht weil ich ihre Lage verklärte. O nein, mir war schon klar, dass sie litten, dass sie darbten. Aber wenn sie am Ende des Tages ihr karges Mahl zu sich nahmen, wussten sie – ich sah es ihnen an – dass sie es sich ehrlich verdient hatten." Hiob nickt. „Sie waren mit sich im Reinen."

„So wie du *jetzt*?", fragt Zofar, der damit Hiob in die Gegenwart zurückholt. „Jetzt bist du doch da, wo die Armen schon immer waren. Hast du nun wenig genug? Ist das hier genügend wenig für dich?"

„Zofar!", empört sich Elifas, „wolltest du dich nicht mäßigen? Wie wär's du fängst mal mit deiner Wortwahl an?"

„Schon gut, mein Lieber", beruhigt Hiob den Freund, „schon gut." Dann wendet er sich wieder seinem Angreifer zu und spricht betont gelassen. „Ich verstehe, was dich verärgert, Zofar. Du meinst, dich empört, was ich sage. Aber das ist ein Irrtum. Dich empört, was du hörst."

„Was soll diese Wortklauberei?", protestiert Zofar, „ich muss ja wohl erst hören, was du sagst, bevor es mich in Wallung bringen kann, oder?"

„Ja schon, Zofar, nur mit dem einen Unterschied, dass du nicht hörst, was ich sage, sondern, was du denkst, dass ich sage."

„Ach komm!"

„Nein wirklich, du hörst eigentlich gar nicht mich, sondern dich selbst. Du ärgerst dich über dich selbst. Du denkst immer noch, es geht um Viel oder Wenig, um Menge oder Mangel, aber für mich spielt das gar keine Rolle. Es geht mir nie darum, ob das, was ich habe, mir genügt, sondern, ob es mir zusteht."

„Ob es dir zusteht? Und wer entscheidet das, wer spricht es dir zu – oder spricht es dir ab?"

„Das ist eine gute Frage, Zofar. Ich habe lange geglaubt, es wäre der Geist meines verstorbenen Vaters, der mir immer wieder zuraunt, dass mir nicht zusteht, was mir zufällt. Ich meinte ihn zu spüren, einen hohen, gestrengen Richter, der das Urteil über seinen Sohn fällt und ihn nicht wert erachtet, sein Erbe zu schultern, die Flamme heldenhafter Ahnen weiterzutragen."

„Aber es war nicht dein Vater", stellt Elifas fest.

Hiob zuckt die Achseln. „Vielleicht war es irgendein Ahne, vielleicht ein Bote Gottes. Das alles ist jetzt unwichtig."

„Unwichtig?", wundert sich Zofar.

Wieder hebt Hiob das Haupt und schaut Zofar unverwandt in die Augen und wieder muss dieser sich schließlich abwenden. „Egal woher die Stimme kam", antwortet Hiob, „egal was sie mir einflüsterte, das alles schreckt mich nicht mehr."

„Verzeiht, mein Herr, aber ist es nicht eigentlich anmaßend so zu reden?", unterbricht ihn Elihu eifrig. „Etwas mehr Demut vor dem Herrn würde Ihnen gut zu Gesicht … äh … ich meine, würde Ihnen gewiss frommen."

„Nicht Hochmut hörst du aus meinen Worten, mein Junge, sondern eher", erwidert Hiob müde, „die Langmut des Sterbenden, der den Tod nicht länger fürchtet, nicht länger fürchten muss. Seht mich an, was soll einer wie ich noch fürchten, was könnte mich noch ängstigen? Wenn ich jetzt stürbe, hier in diesem Moment, was hätte ich zu befürchten? Gottes Richterspruch? Ihr sagt doch selbst, er hat mich bereits gerichtet, mich schuldig gesprochen und über mich eine – wie ich meine – übermenschliche, unmenschliche Strafe verhängt. Die habe ich schon verbüßt. Also wovor sollte ich mich noch fürchten?"

„Wenn du dich", ereifert sich Zofar, „schon nicht vor Gottes Strafe fürchtest, so hoffe ich doch, du wirst dich vor seiner Allmacht fürchten. Bedenke doch, welche Wunder er im fernen Ägypten bewirkte, welche Plagen er über das Land am goldenen Flusse kommen ließ. Denke daran, wie er das Meer gespalten und Pharaos Heer zerschmettert hat. Erinnere dich, was uns berichtet, von unseren Vätern berichtet, dass unser Herr Wasser aus Felsen befohlen, Brot vom Himmel geschickt hat."

„Nicht vergessen habe ich sie, Zofar, die Wunder, die Gott gewirkt hat. Glaub mir, ich weiß, was er bewirken kann und ich bewundere ihn dafür, bewundere seine Weitsicht, seine Weisheit. Ich achte seine Gesetze, trage seine Worte im Herzen. Aber fürchten? Nein, ich fürchte ihn nicht."

10

Plötzlich ist die Erinnerung da, als war es erst gestern, als sei gar keine Zeit vergangen, als sei Zeit nicht. Er war erst sieben oder acht damals. Es war Sommer. Hiob weiß noch, dass er bei der Pistazienernte mithelfen durfte, draußen bei den Knechten. Den ganzen Morgen über war er behände in den Bäumen herumgeklettert. Dann war es zu heiß geworden und die Knechte hatten ihn nach Hause geschickt. Er sieht sich noch das Zaungatter öffnen, das auf ihren Hof führte, sieht sich lächelnd mit einem großen Beutel Pistazien über der Schulter zum Haus hinlaufen. Aber die Haustür war verriegelt. Das verwirrte ihn. Er konnte sich gar nicht erinnern, dass die Tür jemals verschlossen gewesen war. Er rüttelte daran, rief, rief noch mal. Da tat man ihm auf, aber zu seiner Überraschung stand keine Magd des Hauses vor ihm, auch nicht seine Mutter, sondern es waren zwei Frauen aus dem Dorf, die ihn nun am Eintreten hinderten.

Sofort erfasste ihn eine innere Unruhe, als läge in diesem Augenblick, hier auf der Schwelle des Hauses vor den fremden Frauen eine Aufforderung, so als würde er ihn prüfen, dieser Augenblick, als hätte das Leben ihn immerzu beschenkt und würde jetzt eine Gegenleistung einfordern. Und da spürte er zum ersten Mal die Furcht, zu versagen, die Furcht nicht bezahlen zu können, was er schuldete. Wem schuldete? Seinen Eltern? Er wusste es nicht, aber er fühlte deutlich, dass er bekommen hatte, die ganze Zeit schon, und sich dem nun würdig erweisen musste.

Sie schickten ihn fort. Seine Mutter hätte jetzt keine Zeit für ihn. Er solle doch hinausgehen und mit den anderen Kindern spielen. Ihm war nicht nach Spielen zumute. Er setzte sich unweit des Hauses in den Schatten eines Feigenbaumes und wartete. Kurz darauf kam sein Vater herbeigeeilt gefolgt von einem Diener. Noch bevor die beiden die Tür erreicht hatten, wurde sie ihnen geöffnet und sie traten grußlos ein. Er wartete weiter. Und wartete.

Schließlich kam sein Vater aus dem Haus und sah ihn nicht, den Sohn, sah ihn immer noch nicht, schien überhaupt nichts zu sehen, war ganz starr im Gesicht. Und er ahnte schon dort im Hof vor dem Haus: Der Vater will nicht wahrnehmen, will sich gegen das Gesehene verwahren, es nicht wahrhaben. Er sah ihn vorübergehen, diesen großen Mann, sah ihn den Baumschatten streifen, wollte rufen und blieb doch stumm. Denn in den Augen des vorübergehenden Vaters sah er etwas, das nicht vorbeigehen würde. Er verstand nicht, was es war, und er konnte nicht wissen damals, dass es immer schon da war, unerkannt, leise wartend im Hintergrund. So saß er stumm da, schaute dem Vater nach, dem Aufrechten, und spürte einen namenlosen Schmerz.

Später kam eine der Dorffrauen hinaus und rief ihn, winkte ihn herbei, sagte ihm, seine Mutter hätte nach ihm gerufen, ihrem Ältesten. „Deine Mutter ist sehr traurig, mein Junge", flüsterte die Alte ihm zu.

Warum sie ihm das sagte, diese einfache Bauersfrau? Warum sie meinte ihm das sagen zu müssen, war ihm auch später ein Rätsel geblieben. Später, als er schon wusste, dass das Zugeflüsterte nicht stimmte. Hatte die Alte Mitleid mit seiner Mutter gehabt, hatte seine Mutter in ihr selbst ein ganz anderes, eigenes Leid geweckt, in Erinnerung gerufen? War es ihr darum gegangen ihn, den Jungen, zu rühren? Hatte sie am Ende gar gehofft, ihn trösten zu müssen, trösten zu dürfen? Passiert war auf jeden Fall etwas ganz anderes: Sofort war er sich nämlich sicher gewesen, dass die Trauer der Mutter von ihm herrührte, dass er schuld daran war, dass seine Mutter litt.

Er fand sie auf ihrem Lager, halb sitzend, halb liegend. Sie sah müde aus, blass. Die Haare, die ihr Gesicht umrahmten, waren feucht. Aber sie empfing ihn mit einem Lächeln, das ihn beruhigte und seine Befürchtungen überstrahlte. Sie winkte ihn zu sich herüber, ließ ihn sich hinsetzen. Dann erzählte sie ihm, dass sie das Kind, das sie erwartet, vor wenigen Stunden verloren hatte. Und sie erzählte es so, als wolle sie ihn trösten, ihn, der nun doch kein Brüderchen haben würde. Und er hört sich selbst wieder fragen, verwirrt, verunsichert, hört seine Mutter wie damals antworten, sanft und geduldig.

„Wo ist er jetzt, mein Bruder?"
„Gott hat ihn zu sich genommen, Jobo."
„Warum?"
„Gott nimmt, was ihm gehört."
„Gehöre ich auch ihm?"
„Ja, du auch."
„Wird er mich auch zu sich nehmen?"
„Ja, eines Tages, wenn es so weit ist."
„Wie weiß ich, wann es so weit ist?"
„Du kannst es nicht vorher wissen, aber wenn es so weit

ist, wirst du es erkennen."

„Ich will nicht zu Gott gehen, Mama, ich will nicht fort von dir."

„Mache dir keine Sorgen, mein Jobo."

„Wenn ich von heute an immer ganz brav bin, wird Gott mich sicher noch bei dir lassen."

„Ob du brav oder böse bist, spielt keine Rolle. Wenn Gott dich zu sich nimmt, ist das keine Strafe, sondern ein Geschenk."

„Ein Geschenk?"

„Ja, eine besondere Ehre. Gott bestraft dich nicht, Gott beschenkt dich."

„Einfach so?"

„Einfach, weil er dich liebt."

„So wie du mich liebst?"

„Ja, so wie ich dich liebe. Egal ob du mir hilfst oder Blödsinn machst, ob du dich freust oder ärgerst. Gott liebt dich immer."

„Aber wenn er mich liebt, warum nimmt er mir dann meinen Bruder weg?"

„Oh, er nimmt ihn dir nicht weg, Jobo."

„Aber du hast doch gesagt…"

„…dass er jetzt bei Gott ist, ja. Aber das heißt nicht, dass er weg ist. In Gott ist alles und jeder sicher aufgehoben."

„Bin ich auch sicher?"

„Du bist sicher bei mir, mein Lieber, aber nicht so sicher, wie du es bei Gott bist."

Dann bettete er seinen Kopf auf ihren Oberschenkeln und sie streichelte sein Haar.

„Deine Frage, Jobo, müsste also eigentlich heißen: Warum erlaubt Gott uns beiden, dir und mir, noch nicht zu ihm zu kommen?"

„Und warum ist das so?"

„Gott ist gütig und nachsichtig. Er sieht, dass uns hier noch eine Aufgabe hält, dass wir uns etwas vorgenommen haben, etwas vorhaben. Er achtet unsere Entscheidung."

„Habe ich auch eine Aufgabe?"

„Natürlich, mein Junge."

„Was habe ich für eine Aufgabe, Mama?"

„Das kannst nur du selbst herausfinden."

„Und wo soll ich danach suchen?"

„Du brauchst nicht zu suchen, Jobo. Gott schickt dir Zeichen. Dann wirst du wissen, was du tun musst. Dein Herz wird es dir sagen."

„Hat dir Gott auch Zeichen geschickt, Mama?"

„Ja, das hat er, heute ganz besonders."

11

Schnell sind sie alle aufgesprungen, die Freunde, und dem jungen Gelehrten nachgegangen – alle außer dem Lumpenverhüllten. Erbost hatte sich Elihu erhoben, sich über den elend Kranken am Boden erhoben, sein Haupt in den Nacken gelegt, seinen Umhang gerafft und schnaubend die Runde verlassen. Kein Wort war über seine Lippen gekommen, aber allen war klar gewesen, dass er Anstoß genommen, dass ihn abgestoßen hatte das Wort des wundschorfigen Frevlers. Seitdem hält Hiob das Haupt gesenkt, mehr erschöpft als ergeben, und hört in der Ferne die aufgeregten Stimmen der Freunde.

„Elihu, bleib stehen, halt inne!" hört er Bildad rufen. „Du kannst doch nicht einfach davon laufen. Der Mann könnte dein Vater sein. Wo ist dein Gefühl für Anstand?"

„Anstand? Findet Ihr es anständig, wenn dieser Mann Gott verhöhnt?"

„Aber das tut er doch gar nicht", mischt sich nun Elifas ein. „Wovon redest du?"

„Er fürchtet Gott nicht. Hat er das nicht eben gesagt? Ihr habt es doch selbst gehört. Der Mann ist nicht gottesfürchtig. Ich habe hier nichts mehr verloren."

Bildad tritt näher an den entrüsteten Jüngling heran und senkt seine Stimme. „Er ist vor allem krank, Elihu. Er leidet Schmerzen und hat alles verloren. Kannst du dir vorstellen, wie das für dich wäre? Glaubst du nicht, du würdest in seiner Lage manche deiner Lehrmeinungen ändern? Was würde dir von deiner Bücherweisheit bleiben, wenn du verschorft im Dreck lägest? Was würde sie dir noch nützen?"

„Ich würde den Herrn nie verraten. Ich würde bis zum Letzten am Glauben festhalten."

„Bei aller Hochachtung für deine Gelehrsamkeit, mein Junge", gibt Zofar zu bedenken, „aber du weißt doch gar nicht, was Not ist. Du kommst aus gutem Hause und kannst es dir leisten, täglich erlesene Speisen zu essen. Dein Haar ist sauber und gepflegt, deine Kleidung kostbar und fein, deine Hände sind zart und glatt. Schon nach einem Tagesritt auf dem Rücken eines Esels sieht man dir deine Leiden an. Es verstört dich bereits, wenn dein Gewand beim Hinsetzen schmutzig wird, wie viel mehr, wenn du es verlörest, wenn du selbst zu Dreck verkämest."

„Ich halte mich an die Gesetze, das hütet mich vor dem Schmutz, vor der Verschmutzung von Sinn und Verstand durch Dummheit und Sünde. Ich bete, wie mein Vater mich lehrte, ich opfere, wie Gott es von den Seinen verlangt. Und sehet: Mein Wohlstand gibt mir recht. Der Herr segnet mich."

„Wohlstand kannte auch der, der jetzt dort drüben in seinem Bergloch krepiert", erwidert Elifas. „Bei Gott, ich sah nie ein Haus, das mir gesegneter schien als seines. Wie habe ich ihn um seine Söhne beneidet, allesamt kräftige, kluge und treu dienende Burschen! Und seine Töchter erst! Gold und Rubine verblassten neben dem Glanz ihrer Schönheit. Warmherzig und sittsam, wie sie waren, machten sie dem Vater alle Ehre. Glaubst du denn, er hat jemals erwartet, so rasch, so ganz ohne Vorwarnung all das zu verlieren? Glaubst du denn, er hat nicht fromm seinem Gott gedient?"

„Der Herr wird seinen Grund gehabt haben, ihm seinen Wohlstand zu nehmen."

„Und wenn schon", meint Bildad, „sind wir nicht gekommen, ihn zu trösten? Sollten wir unserem Freund nicht helfen, zurück zu Gott zu finden? Denke an deinen Vater, Elihu! Er würde wollen, dass du bleibst und dich dem Leid des anderen stellst. Er würde sicher nicht wollen, dass du den Bedürftigen, den Verirrten allein lässt, bloß weil seine Worte dich kränken. Wenn du so standhaft im Glauben bist, wie du sagst, dann wirst du doch wohl eine lästerliche Rede aushalten können, oder?"

„Beruhige dich, mein Junge", setzt Zofar nach, lass dich nicht zu einem Handeln hinreißen, dass dich als aufbrausend und unklug dastehen lässt. Mag sein, dass der Verstand unseres Freundes vom Leid getrübt wurde, dass er falsche Vorstellungen hegt, irrigen Glaubens ist. Aber wie willst du ihn denn eines Besseren belehren, wenn du ihn verachtest? Würdest du selbst denn Rat annehmen von einem, der deine Würde mit Füßen tritt?"

„Würde?", fragt Elihu mit gespielter Verwunderung.

„Ja, Würde", pflichtet Bildad seinem Freund bei. „Und weil dieser Mann dort drüben, dieser zerkratzte, eitrige Leidgeprüfte Würde hat, wirst du jetzt mit uns zurückgehen – und ihn in aller Höflichkeit um Verzeihung bitten."

So entschieden und bestimmend sind die Worte Bildads, dass es Elihu ratsam erscheint, ihrem Anführer nicht weiter zu widersprechen. Also nimmt er seine Taschen wieder vom Esel herunter, dreht sich zu ihnen um, lässt seine Schultern sinken und nickt wortlos. Was sollte er auch viel sagen? Würden diese Männer denn verstehen, was er sagt, würden sie verstehen können, was ihn bewegt, was er weiß? Mag sein, dass sie treue Freunde, dass sie lebenstüchtig und erfolgreich sind, aber er bezweifelt doch, dass sie die Tiefe des Geistes haben, um über Gott und Glaubensfragen urteilen zu können.

Als sie nun aber zum Platz am Fuße des Felsens zurückkehren, sehen sie, dass Hiob aufgestanden ist und ihnen entgegenkommt. Und er kommt nicht gebeugt, sondern wie einer, dessen ganzer, dessen einziger Stolz es ist, aufrecht und klaglos sein Los zu tragen. Im Hingehen auf ihn zu straffen sich die Männer unwillkürlich, so als müssten sie sich bemühen, mit dem Gegenüber auf Augenhöhe zu kommen.

Auch Elihu, obwohl hoch aufgeschossen, richtet sich innerlich auf, streckt sich, überstreckt sich, neigt sich nicht hin hingehend zum Leidgeprüften, sondern nach hinten, als würde er abfallen vom anderen, abfällig hinabschauen auf den Nahenden. Und da Ekel und Furcht ihn innerlich zurückweichen lassen, gebricht es seiner Haltung an Würde. So schreitet er, stakst er hinüber zu Hiob und ist froh, als der Mann endlich innehält, vier-fünf Schritte vor ihnen stehen bleibt. Er räuspert sich und sucht nach einem Ton, einem Tonklang, einer Tonwärme passend zum Wort, das er sich anschickt zu sagen. „Es tut mir leid, mein Herr, ich bitte um Verzeihung dafür, dass ich so unhöflich war, ohne Gruß oder

Dank von dannen zu gehen. Ich war ... ich bin ..."

Hiob verscheucht die Entschuldigung mit einer leichten Handbewegung. „Ehrlich? Ist es das, was du sagen wolltest? Ich war ehrlich? Ich habe mich nicht verstellt? Denn so war es doch. Hier vor dem Entstellten bist du unverstellt geblieben. Liefst du nicht deshalb davon, weil du erkanntest, wir reden aneinander vorbei, weiterreden ist sinnlos? Ich verstand das so und konnte dich gut verstehen, denn mir ging es ähnlich. Was also soll ich verzeihen?"

„Wie ich schon sagte", erwidert Elihu verwirrt, „ich habe mich ungebührlich verhalten. Das hätte ich nicht tun sollen."

„Ungebührlich? Was hätte mir denn gebührt, Elihu Ben-Abihu? Mitleid? Nachsicht? Wäre es gebührlich gewesen, mich unwidersprochen zu lassen, mich gleichzeitig aber für einen Irren zu halten? Gott bewahre! Ich weiß nicht, weshalb ihr gekommen seid, aber ich hoffe, es war nicht wegen der ‚Gebührlichkeit'."

„Wir sind gekommen", will nun Bildad erklären, „dich zu trösten."

„Aber mich tröstet ihr nicht. Ich empfinde keinen Trost in eurer Gegenwart."

„Du bist unser Freund", ergänzt Elifas. „Wir möchten dir beistehen, Hiob."

„Mir beistehen, bei mir stehen? Hieße das nicht, mit mir in meinem Elend stehen, das hier mit mir durchstehen?" Er schaut vom einen zum anderen. „Ich seh's euch doch an: So habt ihr das nicht gemeint mit dem Beistehen. Und ich kann's euch nicht verdenken. Der Schmerz und die Schwären trennen uns. Nicht nur, weil sie mich unfassbar, un*an*fassbar, unberührbar machen, sondern auch, weil sich meine Welt so sehr anders anfühlt als eure."

„Wir verstehen das durchaus", versichert Bildad, „dass

die Schmerzen und die Demütigung dich bitter gemacht, deine Sinne betäubt haben."

„Aber genauso ist es nicht, Bildad! So sehr meine Haut auch verschorft ist, meinen Blick hat's geschärft. Klarer, nicht trüber sehe ich durch das Leid. Feiner, nicht dumpfer höre ich den Wert der Worte durch den Schmerz."

„Dann hilft Ihnen Gott, mein Herr", versucht Elihu zu trösten.

„Ich frage mich, mein Junge, ob du das noch sagen würdest, wenn du sähest, wie ich sehe, und hörtest, wie ich höre. Wahrheit ist nicht zum Wohlfühlen, keine wärmende Decke, eher wie die raue Kälte der Berge. So ganz ohne Lügen, glaub mir, wird das Leben schnell unerträglich."

„Aber eine warme Decke ist auch nicht verkehrt", wendet Bildad ein, der die Gelegenheit nutzt das Gespräch auf praktische Dinge hinzulenken. „Schließlich will man ja nicht erfrieren. Eine Decke, ein Dach über dem Kopf, genug zu essen – das sind die Dinge, auf die es erst einmal ankommt. Auch deshalb sind wir gekommen, Hiob, weil wir dir unsere Hilfe anbieten wollen, weil wir sehen wollten, was du brauchst, wie wir deine Lage für dich erträglicher machen könnten."

12

Bildad, das wissen seine Freunde, stammt aus einer traditionsreichen Familie von Bronzeschmieden. Er selbst ist Bronzeschmied so wie all seine Brüder und sein Vater. Auch seine Vorfahren haben das angesehene Handwerk ihr Leben lang ausgeübt, einige von ihnen im Reich der Phönizier, wo sie zu Meisterschaft und Wohlstand gelangt waren. Man erzählt sich, – aber keiner weiß, ob es stimmt, – dass Bildad in direkter Linie von Hiram Abif abstammt, jenem Baumeister Salomos, dessen Vater ebenfalls Bronzeschmied gewesen war. Aber auch, wenn das nicht zutreffen sollte, Bildad hat gelernt, das Wissen und Können der Alten in Ehre zu halten. Mehr noch, er schätzt die Fertigkeit jener höher ein als die seiner Zeitgenossen. Denn für ihn liegen die wahren Wunder der Schmiedekunst in urferner Vergangenheit. Er sieht die wahrhaft großen Meister seines Gewerbes unter den Altvorderen. Er kennt sie aus den Erzählungen seines Großvaters. Schon als Kind liebte er es zuzuhören, wenn der Vater seines Vaters ihm von den schweigsamen, beharrlichen Männern erzählte, die das Handwerk drüben im Zweistromland oder am Hofe ägyptischer Könige gelernt hatten. Sie kannten noch die Geheimnisse der Kunst, die später verloren gegangen waren, kannten geheime Rezepturen und Verfahren, wussten um die Farben der Feuer, die Töne der Erze, die Weisheit der Luft, die Härte des Wassers.

So ist in Bildad die Ansicht gereift, dass es in der Schmiedekunst wesentlich darum geht, jenen alten Meistern nachzueifern, wohl wissend, dass ein solches Unterfangen nie ganz gelingen kann. Die hohe Kunst der Bronzeschmiede, so weiß er, liegt hinter ihnen, ist ein tiefer, tragender Grundton, wie von einer großen gegossenen Schale, der bis hin zu seinem Geschlecht nachhallt. Und all sein Hämmern und Schlagen, sein Platten und Treiben kann diesen Urton weder stärken noch schwächen, ist vielmehr vergänglich wie das Gezwitscher der Vögel im Frühjahr. Er reicht mit seiner Kunst nicht hin an die Könner vergangener Tage, aber er steht in ihrem Nachklang, fühlt sich im Einklang mit diesen Ahnen, wenn er am Amboss das Erz formt. Angebunden, eingebunden sieht er sich als Glied einer langen Kette durch das, was ihm sein Vater gewiesen hat, wozu dieser von seinem Vater angewiesen, dessen Vater seinerseits dem Sohne die Geheimnisse des Schmiedens anvertraut und ihm aufgetragen hatte, sie weiterzureichen.

Bildad weiß aber auch: Nicht jeder Lehrling war zum Höchsten berufen gewesen. Nicht immer hatten die Meister das letzte Wissen unterweisen können. So nahm manches Geheimnis schließlich seinen Weg als Rätsel durch die Geschlechter. Seitdem kann jeder Bronzeschmied Rat finden in der Sprache der Formen. Für Bildad spricht in der Tat die Weisheit der Altvorderen durch die überlieferten Formen von Werken und Werkzeugen.

Aber nicht nur die Wahrheit des Handwerks ist in der Vergangenheit enthalten, alles Wahre schlechthin, so fühlt er, ist als Abglanz eines fernen, leuchtenden Zeitalters auf uns gekommen. Und die Alten reden wahr, reden schon deshalb wahr, weil sie diesem lichten Zeitalter noch näher stehen. Und die ganz Alten, die ahnend der Ahnen Weisheit nachzufühlen vermögen, gilt es allein dafür bereits immerzu achtsam zu horchen. Noch die Speisen seiner Kindheit, die seine Großmutter mit stillem Geschick zubereitete, hatten ihn kosten lassen von einer glücklichen, seligen Ära längst vergangener Tage. Nun, im gereiften Alter, gelten ihm diese Mahlzeiten immer noch, als hätte er damals Heimat geschmeckt, als hätte ihn der Duft dieser Speisen den Ursprung von allem in Erinnerung gerufen, die Tage des Anfangs.

Aus eben diesem Grund liebt er die Gottesdienste im Tempel, liebt die uralten Mauern, die ausgetretenen Stufen. Oft geht er früh morgens hin, noch ehe er seine Werkstatt betritt, sitzt an der Mauer im Vorhof und lauscht den Gebeten der Priester. Hier kündet alles von dem, was einstmals geschehen ist, von alten Propheten, von den Helden der Vorzeit, den Boten Gottes, von Zeiten der Wunder. Hier werden wiedergegeben die Worte, die Gott einst aufgab den Menschen, damals als er noch den Seinen erschien. Und hatte der Herr nicht selbst dort an den Hängen des Horeb den Sehern verkündet, weitersagen solle der Vater dem Sohn, der Sohn *seinem* Sohn, und dieser dem Seinen, immer weiter von Geschlecht zu Geschlecht, weitersagen die Wahrheit, die damals zu Wort wurde?

Alles wahre Wissen, so sagt ihm sein Herz, liegt in den tiefen Schichten der Erde verborgen, wie das Erz, das Gott dort für sie aufbewahrt hat. Obenauf liegt nur Staub, ist das Treiben der Menschen, ist ein Kommen und Gehen, ist Blüte und Zerfall, ist hilfloses Meinen und Wollen. Er hört sie sehr wohl, die Jungen, die von neuen Zeiten künden, immerzu von Veränderung reden, alles anders machen wollen. Törichte Lehrlinge hört er, zu ungeduldig, das Vorgehen der Alten eingehend zu lernen. Verbessern wollen sie es aber, das Gute, das ihnen die Väter geschenkt. Wahnsinnig sind sie, die Jungen, die weiser sich wähnen als die Meister der Vorzeit. Sie hören nicht mehr zu, nicht hinein in den Klang der Erze, hören nicht, wie die Weisheit der Tiefe aufklingt mit jedem Schlag ihres Hammers.

Diese Jungen ärgern ihn, denn sie denken nicht nach, denken nicht lange genug, lassen nicht ausklingen ihr aufgeregtes Geschnatter. Wenn welche daherkommen und meinen, das Erz solle man anders schmelzen, den Hammer solle man anders führen, den Kessel solle man anders formen, so könnten sie – da ist sich Bildad gewiss – auch gleich zu den Priestern gehen und sagen: Dieses Gebet solle man anders sprechen, diesen Ritus anders abhalten, dieses Opfertier anders zerteilen. Dann würden sie vielleicht verstehen, wie frevelhaft ihr Gerede ist, wie sehr sie damit alles verraten, was ihre Väter auf sie gebracht haben. So sieht Bildad sich selbst als treuen Bewahrer des Althergebrachten, als Hüter überlieferten Wissens.

Seinen Freunden ist bekannt, dass er noch als Säugling seine Mutter verloren hat. Wie Bildads Vater seinem Sohn Jahre später erzählte, war er damals erst wenige Monate alt gewesen. Eines Abends hatte seine Mutter plötzlich schweres Fieber bekommen, so dass sie bald nicht mehr von ihrem Lager aufstehen konnte. Ein Heiler war eilends geholt worden, aber der konnte nicht verhindern, dass sie innerhalb von zwei Tagen verstarb. Zu der tiefen Trauer um die geliebte Gattin gesellte sich für den Vater bald die Sorge um den Sohn.

Eine Amme war bestellt worden den Säugling zu nähren. Sie fand das Kind völlig verkrampft in seinem Körbchen vor. Die Händchen hielt es zu Fäustchen geballt vor der Brust, die Beinchen angezogen, die Augen fest zugekniffen, die Kiefer aufeinander gepresst, den gekrümmten Rücken hart wie der Panzer einer Schildkröte. Es schrie nicht, es atmete schnaufend durch die Nase, es rührte sich nicht. Was die Amme auch tat, seine Verkrampfung zu lösen, es half nichts. Sie wickelte es in weiche Felle, sie massierte es mit duftenden Ölen, badete es in warmem Wasser, in das sie wohlriechende Kräuter getan hatte, sang ihm liebliche Weisen vor, drückte es an sich. Tagelang änderte sich nichts an der starren Haltung des Säuglings. Erst nachdem die Amme es zwei Tage und Nächte ununterbrochen an sich getragen hatte, konnte das Baby sich endlich entspannt den Armen der erschöpften Frau anheimgeben und trinken.

Dieser frühe Verlust hat ihn geprägt, hat ihn früh gelehrt festzuhalten, an sich zu halten, sich zusammenzureißen und auf ein Ziel hin zu versteifen. Schon als Kind war es ihm das Wichtigste, alles im Griff zu haben, unliebsame Überraschungen auszuschließen. So fand er Gefallen an den Dingen, die immer schon da waren und nach menschlichem Ermessen auch immer da sein würden: den alten Schriften, den alten Riten, den alten Künsten. Er hatte früh gelernt: Am besten kümmert er sich selbst, kümmert sich um sich selbst, sorgt für sich. Tief eingegraben hatte sich ihm die Gewissheit, dass es keinen Verlass gibt, dass er sich nicht auf den Lauf der Dinge verlassen, sein Wohl nicht dem Zufall überlassen kann. Vorsorgen musste man, stets vorgesorgt haben, dem Schicksal zuvorkommen.

13

„Wie, du brauchst nichts? Du hast doch nicht mal das Nötigste, du bist am Ende. Wie kannst du behaupten, du brauchst nichts?" Bildad fällt es sichtlich schwer, die Antwort des Freundes zu fassen. Er streckt seinen Oberkörper und breitet seine Arme aus. Ratlos schaut er auf Hiob, der seinem Blick gelassen erwidert. Nach einigem Hin und Her hatten sie sich wieder hingesetzt, zusammengesetzt unter dem Felsspalt, der dem Einsiedler zum Unterschlupf geworden. Und Bildad hatte seine Frage wiederholt, was er denn brauche, der Freund.

„Glaubst du", fragt Hiob zurück, „ich brauche saubere Kleidung? Hättest du gerne, dass mein Verderben unter feinem Tuch ungesehen bliebe? Ungesehen, wenn auch nicht ungeschehen? Soll ich meine Schmerzen mit den Wonnen des Weins betäuben? Rätst du mir das? Meinst du, mein Hunger ließe sich mit Brot und Braten stillen? Willst du mir einen Unterstand bauen, eine schattige Laube für die Tage der sengenden Hitze?"

„Du lehnst es vielleicht ab, Hiob, aber du musst zugeben, ganz unbrauchbar wäre das alles nicht. Es würde dir immerhin etwas Gewissheit geben auch den morgigen Tag noch zu erleben. Du müsstest nicht in fortdauernder Furcht vor dem baldigen Ende sein."

„Meine Furcht ist das nicht", murmelt Hiob.

„Wie bitte?"

„Die Gewissheit auch morgen noch zu leben", spricht Hiob nun lauter, „und übermorgen und nächste Woche – diese Gewissheit erfreut mich nicht, sie kann mich nicht einmal beruhigen."

„Sollte sie aber. Denn wenn ich es mir genau überlege, ist deine Lage seit dem Tod deiner Lieben doch sehr beständig."

„Beständig?"

„Ja, beständig! Gerade jetzt, wo du alles verloren hast, Kinder, Knechte, Häuser, Herden, was kann dir da noch passieren? Überleg doch mal! Offensichtlich hat Gott entschieden, dass der Tod dich nicht anrühren soll. Er nahm deinen Söhnen das Leben, verschont aber deins. Und was heißt das? Was du vielleicht als einen Fluch erlebst, ist in Wirklichkeit ein Segen: Du bist in Sicherheit, Hiob!"

Hiob lächelt bitter. „Dir wäre das wichtig, Bildad, oder? Sicherheit."

„Jeder braucht Sicherheit!"

„Ich soll mich also in meiner Not einrichten, es mir in meinem Elend bequem mache?"

„Vorsicht, Hiob, fang jetzt nicht an, dich selbst zu bemitleiden! Nimm es an, dein dir aufgegebenes Schicksal! Du musst zwar leiden, aber du lebst. Halte daran fest! Beiße die Zähne zusammen! Bedenke das Gute deiner Lage!"

„Das Gute?", wiederholt Hiob, der nicht recht weiß, ob sein Freund es ernst meint oder bloß seinen Spott mit ihm treibt.

„Ganz nüchtern betrachtet", …

„… also doch keinen Wein", spricht Hiob mehr zu sich selbst …

„ganz nüchtern betrachtet", lässt Bildad sich nicht beirren, „hat dein Zustand durchaus sein Gutes."

Hiob schweigt. Er kann sich denken, was jetzt kommt. Lange genug kennt er Bildad. Er weiß, wie er denkt, wie er redet, wie er vorgeht. Und er selbst? Hätte er früher nicht ähnlich gedacht oder zumindest dem Freund zugestimmt, ihm recht gegeben. Wäre ihm da nicht auch fraglos gewesen, was dem Freund Gewissheit war, damals, als noch nichts sich gewendet, als sich Gott noch nicht von ihm abgewendet hatte?

„Du musst dich um keine Geschäfte mehr kümmern", begeistert sich Bildad, „musst nicht für Frau und Kinder sorgen, musst keinen Streit zwischen den Knechten schlichten, keine Räuber fürchten, die dich nächtens überfallen, musst nicht bangen um dein Vermögen. All diese quälenden, bedrohlichen Ungewissheiten – du bist sie los! Du bist frei, Hiob. Nichts zwingt dich noch, all die Dinge zu tun, die einem Familienvater nun einmal obliegen."

„Ja, es macht keinen Unterschied." Wieder spricht Hiob halblaut nur, als würde auch dieses Sprechen keinen Unterschied machen.

„Du musst dich nicht ständig entscheiden. Gibt es eine größere Freiheit? Du kannst einfach in den Tag hinein leben."

„Das kannst du doch auch, Bildad."

„Eben nicht, Hiob! Eben nicht! Bei mir kann noch *so* viel schief gehen und es würde auch ganz sicher sofort alles daneben gehen, wenn ich nicht ständig vorausschauend bedenken, planen und lenken würde. Nimm bloß meine Schmiede!

Meinst du meine Leute wüssten ohne meine Anweisungen, was zu tun wäre? Meinst du, wir könnten zügig die Kunden beliefern, wenn ich nicht ständig unsere Bestände im Blick hätte. Was glaubst du, wie die Menschen reden würden, wenn meine Knechte zu wenig Lohn bekämen? Oder zu viel? Oder zu spät? Und wenn ich nicht jedes einzelne Stück persönlich prüfen würde, bevor es die Werkstatt verlässt, was meinst du, wie es dann um die Güte meiner Ware, und ganz schnell auch um den Ruf meiner Schmiede bestellt wäre?

Und dann meine Söhne! Alle wollen fortdauernd etwas von mir: meinen Segen, meine Unterstützung, mein Geld. Aber ich muss höllisch aufpassen, wem ich was gebe. Denn sie beäugen sich argwöhnisch – leider – und sobald ich einem von ihnen auch nur ein freundliches Wort sage, stehen die anderen schon bereit, sich über meine Ungerechtigkeit zu beschweren und ihren Teil der Zuwendung einzufordern. Einfach unüberlegt die Dinge laufen lassen? Nein, Hiob, das ginge gar nicht."

„Aber versucht hast du es auch noch nicht, oder? Ich meine, vielleicht würde dich das Ergebnis überraschen."

„Ach was", meint Bildad entschieden, „ich muss mich nicht von einer Klippe stürzen, um zu wissen, dass es mein Tod wäre! Ich bin zwar gläubig, aber nicht gutgläubig."

„Geglaubt habe ich auch damals. Ich war überzeugt, dass *ich* es war, der meine Geschäfte lenkte, so wie ein Reiter sein Pferd über die Grassteppen führt." Hiob schüttelt nachdenklich den Kopf. „Rückblickend aber bleiben weder von Herrschaft noch Herr das Geringste übrig. Ein einziger Windstoß riss mir die Zügel aus der Hand. Ein kurzes Beben der Erde reichte schon aus, mich zu Boden zu werfen, mein Leben zu zertrümmern."

Doch Bildad weiß: Er und sein Freund sind kaum zu vergleichen. „Du warst schon immer ein Einbringer, Hiob, einer, der einholt, ein Mann der Ernte. Du musstest immer bloß deine Hand aufhalten und schon fielen dir die prallen Trauben zu, als hätten sie auf dich gewartet, als würde dir alles geschenkt werden. Die mühsame Pflege der Weinstöcke, das Zurückschneiden und Hochbinden der Reben, das ständige Gießen und Düngen jedes einzelnen Stocks – damit hast du dich nie abmühen müssen. Aber für viele von uns ist das der Alltag, Hiob, war das seit jeher das tägliche Geschäft. Wir müssen uns kümmern, müssen vorsorgen, jedes unserer Pflänzchen pflegen, Schritt für Schritt auf die Ernte hinarbeiten. Menschen wie ich, Hiob, können niemals einfach in den Tag hineinleben und ihren Erfolg dem Zufall überlassen."

Hiob nickt nur. Er weiß, dass es viele damals so sahen, die Bewunderer, die Neider, die Eiferer. Er war das Sabattkind, das in der Fülle ruhte. Aber wie hätte er ihnen erklären können, dass all dieses Zurückschneiden und Hochbinden in ihm selbst stattfanden, dass er mit sich selbst ringen, immer wieder sich selbst zurechtstutzen musste, faule Früchte entfernen, Triebe auslichten, dass er nicht *um* den Erfolg, sondern *mit* dem Erfolg gekämpft hat?

Bildad redet aber schon weiter. „Die großen Propheten, Hiob, die großen Propheten haben immer genau das gesucht, was du hier gefunden! Abgeschieden wollten sie leben, abgewandt von der Welt mit ihren ständigen Sorgen und Mühen, sich fügen, sich einfügen in den großen göttlichen Plan."

„Mag sein", meint Hiob verbittert, „dass die Seher seit Alters in die Einöde zogen. Aber folgten sie damit nicht immer einem Ruf, wurde nicht jeder von ihnen in die Ödnis gerufen, aufgerufen, sich allein der Stille des Ortes zu stellen? Nun, Bildad, still ist es hier oft, aber weder vernahm ich einen Ruf noch ein Wort noch ein Zeichen. Nein, vielmehr war ich es, der rief. Gerufen habe ich, lauthals gebrüllt, wollte Gehör finden, wollte ein Wort – nur ein einziges Wort, mir zu zeigen, dass meine Leiden nicht sinnlos waren. Aber es kam nichts, gar nichts. Die Stille verhöhnte mich. Also versuch du mir nicht einzureden, ich wäre im Glück, ich wäre ‚berufen'.

Ich habe dir wohl zugehört. Du stellst es dir schön vor, einmal loszulassen, dich in den Tag hineinfallen zu lassen. Und warum? Weil du es selbst nicht fertig bringst, weil es dir zu große Angst macht. Ich verstehe dich. Du versuchst ständig, alles im Griff zu haben – und sehnst dich gleichzeitig nach Entspannung. Nein, unterbreche mich jetzt nicht, Bildad, schau mich an! Gott hat mich losgelassen, hat mich fallengelassen. Und glaub mir, ich fiel hart. Da war keine Freiheit, keine Entlastung, sondern nur Schmerz und Verachtung. Schau dich um! Ich bin nicht näher bei Gott. Ich lebe bei den Schweinen. Ich folge keinem Ruf, aber ich geriet in Verruf. Ich lebte im Recht und wurde gerichtet. Ich fand keinen Rat, ich wurde verraten."

„Wer hat dich verraten?", ruft Bildad empört.

„Wer hat die Macht es zu tun? Sag du es mir! Wer hat die Macht, mich an ein böses Schicksal wie dieses zu verraten?"

„Du behauptest doch wohl nicht …"

„… dass mich Gott verraten, dass *Er* mich gerichtet hat? Nein, Bildad, du hörst mir nicht zu. Gott tut mir nichts. Gott ist gar nicht da. Er hört mich nicht, holt mich nicht, heilt mich nicht. In bin in einer gottlosen Wüste den Dämonen ausgeliefert. Du willst mir helfen, doch ohne Gott bin ich verloren. Du willst mich nähren, kleiden, beschützen und würdest doch nur meine Leiden verlängern."

Bevor Bildad etwas erwidern kann, meldet sich Zofar zu Wort. Er blickt an seinem Freund vorbei und erhebt sich. „Es kommen Reiter."

14

Angestrengt schaut Hiob auf die Staubwolke der sich rasch nähernden Gruppe, sieht den aufgeworfenen Sand glitzern im gleißenden Licht, sieht die nickenden Köpfe der Pferde, als würden sie stürmisch den Kurs ihrer Reiter bejahen. In der Stille des plötzlich verstummten Gespräches hört er nun deutlich die dumpfen Schläge der Hufe auf dem harten Boden, und hört sie nicht nur, sondern fühlt sie zugleich, fühlt sie von der Erde heraufschlagen in seine Brust. Pochend hämmern sie von Innen an seine Rippen, bringen seinen Busen zum Beben. Bald schlägt sein Herz im Takt der trabenden Tiere lauter und lauter. Was von dort drüben herannaht, schnell sich ihm nähert – das spürt er – betrifft ihn, trifft ihn, geht ihm zu Herzen. Wie die Stimme eines Erdendämons, wie die tiefe Trommel der Heere vor der Schlacht, wie nahendes Unheil tönt das Stampfen der Rösser. Sechs Männer zählt er, die meisten jung und kräftig, mit harten Zügen und staubgrauen Haaren. Nur der Reiter in ihrer Mitte, offenbar ihr Anführer, scheint älter zu sein. Und während er diesen Fremden betrachtet und merkt, wie seine Unruhe, sein Aufgewühltsein wächst, erkennt er den Mann, erkennt ihn wieder, denn ein paar Mal war er ihm im Haus seines Schwiegervaters Isái begegnet. Und er erinnert sich, wie es ihm damals vorkam, als vertraue Isái diesem Helfer, diesem Vorarbeiter fast noch mehr als seinen eigenen Söhnen. Wie war doch sein Name? Die Antwort folgt der Frage auf dem Fuße: Duma.

Jetzt erst nimmt er wahr, dass seine Freunde aufgeregt herumlaufen und ihre Sachen zusammenraffen. Offenbar sehen sie Gefahr im Verzug, böses Gesindel, Räuber. „Habt keine Angst", versucht er sie zu beruhigen, „ihr habt von diesen Männern nichts zu befürchten."

„Kennst du sie etwa?", wundert sich Zofar.

„Ich weiß, wo sie her sind", erwidert Hiob, atmet tief ein und schließt die Augen. Er weiß, dass Isái ihn nicht seinetwegen hat suchen lassen. Die Verwandten seiner Frau meiden ihn vollständig, seitdem das Unglück über ihn gekommen. Man will mit ihm nichts mehr zu tun haben, mit diesem Frevler, der Gottes Zorn auf sich gezogen. Sein Schwiegervater hat es nie ausgesprochen, überhaupt wenig gesagt, aber er weiß, dass Isái ihm den Verlust seiner Enkel vorwirft, ihm die Schuld am Tode der Söhne anlastet. Nein, nicht seinetwegen kommen sie her, die Knechte des Alten. Es geht um Mirjam, das hat er sogleich geahnt.

Als ihm damals die Herden genommen worden waren, hatte sie noch versucht, ihn zu trösten. Doch nachdem das Unheil plötzlich alle ihre Kinder erschlagen hatte, zog sie sich – stumm vor Schmerz und Trauer – in sich zurück. Er konnte sie nicht trösten, war selbst sprachlos vor Entsetzen. Und so weitete sich bald das Schweigen zwischen ihnen zu einem unüberbrückbaren Abgrund. Schließlich griff das Übel ihn selbst an, riss seine Haut auf, hinterließ die Spuren des Bösen in seinen Zügen. Da war ihm klar geworden, er konnte nicht bleiben, musste seine Heimat verlassen. Gott hatte ihn bereits verstoßen, er wollte sich nicht auch noch von den Menschen fortschicken lassen. Widersprochen hatte Mirjam nicht, als er sie gebeten zu den Ihren zurückzukehren. Ihr war der Gedanke wohl auch schon gekommen, ihn zu verlassen, nach Hause zu ziehen.

Inzwischen haben die Reiter den Zufluchtsort des Geplagten erreicht. Sie halten vor den vier Männern, die aufgestanden und nähergetreten sind. Keiner steigt ab. Der Anführer blickt die Freunde der Reihe nach prüfend an. „Gott segne Euch, Fremde. Wir sind von weit her unterwegs und suchen einen Mann aus dem Lande Uz. Er ist in eurem Alter", sagt er und nickt in Bildads Richtung, „und heißt Hiob."

Wie auf ein Zeichen blicken alle vier über ihre Schultern hinweg zum Einsiedler hinüber. Jetzt erst werden die Reiter der am Boden kauernden lumpenverhüllten Gestalt gewahr. Sie werfen sich gegenseitig fragende Blicke zu, während Hiob weiterhin das Haupt gesenkt hält. Bildad merkt, dass sein Freund der Situation kaum gewachsen ist und springt ihm bei. „Was wollt Ihr von ihm? Wie Ihr seht ist unser Freund erkrankt, kaum in der Lage sich auf den Beinen zu halten."

Anstatt zu antworten sitzt der Anführer ab, geht um sein Pferd herum und nimmt aus dem Gepäcksattel eines der anderen Tiere ein mit einer einfachen Kordel zugebundenes Paket. Als er es aufschnürt stellt sich heraus, dass es eine kleine Kiste aus feinem Zedernholz enthält. Mit diesem Kästchen in beiden Händen tritt er auf Hiob zu. Zwei Schritt von ihm entfernt sinkt er vor der reglosen Gestalt auf die Knie und stellt das Behältnis vor sich auf den Boden ab. Dann senkt er den Blick und schweigt ein paar Atemzüge lang. Hiob nutzt die ihm gebotene Gelegenheit, den Ankömmling zuerst anzusprechen. Doch anstatt ihn höflich zu begrüßen, sich nach seinem Wohlbefinden zu erkundigen, bedrängt er ihn mit einer überraschend kräftigen Stimme. „Was führt dich hierher, Duma?"

Der Vorarbeiter schaut nun auf und blickt Hiob ins Gesicht. Er kann nicht verhindern, dass sich das Entsetzen über die Missgestalt des Gesuchten in seinen Zügen spiegelt. Er verengt die Augen und schaut sein Gegenüber prüfend an. Dann, als er ganz sicher ist, den Schwiegersohn seines Herrn vor sich zu haben, senkt er abermals das Haupt und murmelt entschuldigend. „Herr, ich … verzeih, dass ich …"

„Man hat es dir nicht gesagt?"

„Nein, Herr."

„Was hat man dir gesagt – über mich?"

„Ach, Herr…"

„Verstehe. Also weshalb schickt man dich los, mich zu suchen?"

„Wir sind schon viele Tage unterwegs, Herr. Wir wussten zunächst gar nicht, wo wir uns hinwenden sollten."

„Aber ihr gabt nicht auf, Duma. Was ist so wichtig, dass Isái sechs seiner Leute losschickt?"

Der Vorarbeiter blickt auf seine Hände, die in seinem Schoß ineinandergreifen. „Es ist seine Tochter, Herr, Euer Weib. Vor zwei Wochen hat Gott sie zu sich geholt."

16

Sie waren nicht lange geblieben, die Knechte des Isái. Nachdem Hiob in ein trübes Schweigen versunken war und nichts mehr erwiderte, hatte sich Duma schließlich von ihm entfernt. Die Männer waren zum Bach gegangen, um ihre Pferde zu tränken. An Bildad gewandt hatte der Anführer knapp berichtet, dass Mirjam, die Frau des Hiob, am achten Tag des vierten Monats nach kurzer Krankheit im Haus ihres Vaters gestorben war. Die Eltern hatten ihre Tochter nur im Kreis der verbliebenen Kinder bestattet. Noch auf dem Sterbelager hatte das Weib darum gebeten, ihrem Gatten den Inhalt dieses Kästchens zu überbringen. Sie hatte darauf verzichtet, dem Nachlass eine Nachricht hinzuzufügen. Ihr Vater wollte ihr diesen letzten Wunsch nicht abschlagen, hatte ihn mit dem Auftrag betraut, den Schwiegersohn zu suchen und dem Verdammten dieses Übriggebliebene zu überreichen. Dann waren sie aufgesessen und knapp grüßend davon geritten.

Nun stehen die Freunde betreten um Hiob herum, blicken ratlos auf den trauernden Freund. Aber anstatt untröstlich zu schluchzen oder haltlos zu schreien, zeigt sich ihnen der Leidgeprüfte gefasst, ja ruhig. Und als er ihnen sein Gesicht zuwendet, will er in Gedanken bei ihr verweilen, seines Weibes liebend gedenken. „Zum ersten Mal sah ich Mirjam auf einem Jahrmarkt in Tamar. Eigentlich sollte ich eher umgekehrt sagen, dass sie es war, die mich zuerst sah, die mich wahrnahm, die das Wahre in mir, das ich selbst damals noch gar nicht kannte, annahm. Und wie sie es annahm! Wir hatten uns eigentlich nur Blicke zugeworfen – ich verstohlener als sie! – und kaum zwei Sätze miteinander gesprochen. Aber sie ist noch am selben Abend zu ihrem Vater gegangen, hat sich vor ihn hingestellt und gesagt: Diesen oder sonst keinen! Stellt euch das mal vor. Sie war 14! Aber so war sie. Wenn sie sich entschieden hatte, wollte sie keine Zeit verlieren. Und was noch erstaunlicher war, ihr Vater widersprach ihr nicht. Sie hatte eben so eine Art, die in vielen Menschen auf ganz natürliche Weise das Bedürfnis wachrief, ihr zu dienen, ihr zu Diensten zu sein, ihr bei ihren Vorhaben behilflich zu sein. Ihrem Vater ging es da nicht anders. Er muss sogleich gespürt haben, dass seine Tochter wusste, was sie wollte, dass sie den Weg, den sie zu gehen sich anschickte, deutlich vor sich sah. Bald darauf trafen sich unsere Väter. Sie einigten sich und vereinbarten, dass die Hochzeit wenige Monate später, im Sommer, stattfinden sollte. Ich war völlig überrumpelt und konnte mein Glück kaum fassen."

Er blickt auf und sieht die Freunde nun mit gesenkten Häuptern vor sich sitzen. Da er innehält, schauen auch sie auf und in diesem kurzen Moment, da sich ihre Augen treffen, erkennen sie in Hiob den Menschen, nicht das verletzte Tier, nicht den geschundenen, verbitterten Frevler. Sie sehen sich selbst in seinen Augen gespiegelt, sehen sich dort sitzen und eine leise Ahnung formt sich zum Gedanken: Es könnte auch mein Los sein.

„Es war ein herrlicher Tag", fährt Hiob fort, „der Tag unserer Vermählung. Ähnlich wie heute hatte es in der Nacht davor geregnet. Tagsüber sorgte ein Nordwind, den es bei uns nur selten gab, für eine angenehme Kühle. Es waren sehr viele Menschen da, Verwandte aber auch Nachbarn und Knechte. Ich nahm sie gar nicht richtig wahr, begrüßte sie zumeist nur flüchtig wie im Traum. Ich sah die ganze Zeit nur sie. Ich weiß noch, dass sie etwas Rotes trug, ein neues Kleid, das reich und kunstvoll bestickt war. Ihr langes schwarzes Haar fiel ihr in sanften Wellen auf die Schultern. Unter den dunkel gefärbten Augenbrauen leuchteten ihre großen braunen Augen wie spiegelglatte Gebirgsseen.

Ich war damals ein junger Mann, kein Kind mehr, kräftig gebaut und im Übrigen durchaus aufbrausend. Immer wieder mal ließ ich mich zu Faust- und Ringkämpfen hinreißen, aus denen ich jedoch meistens als Sieger hervorging. Meine Kameraden wussten, dass sie stets mit mir rechnen konnten. Ich duckte mich vor keinem Stärkeren, wenn es darum ging einem bedrängten Kumpel zu helfen. Aber dort an der Seite meiner neuen Braut kam ich mir wie der Jüngere vor, unsicher und irgendwie hilflos. Ich hatte kräftige Arme und stramme Schenkel, das wusste ich, und ich hätte Mirjam mühelos bis über mein Haupt heben können. Aber sie hatte eine Kraft, die mir so noch nie begegnet war. Sie konnte auf eine stille, entschlossene Art erreichen, dass Dinge getan und andere Dinge unterlassen wurden. Sie brauchte gar nicht viel zu sagen, und nie erlebte ich, dass sie ihren Wünschen mit lauten Worten Nachdruck verlieh. Es lag aber etwas in ihrer Haltung, eine erstaunlich ruhige Gewissheit, die sie in meinen Augen zu einer Herrscherin machte. Anfangs nannte ich sie manchmal ‚meine Prinzessin'. Bald aber musste ich feststellen, dass diese Bezeichnung irgendwie zu leicht und verspielt für sie war. So wurde sie zu meiner Königin."

„Du meinst, sie war ein stolzes Weib?", wirft Zofar ein und merkt, wie seine Freunde dabei leicht zusammenzucken. Er hat es ganz unbedacht gesagt, für einen Moment nicht die Lage bedacht, in der die Nachricht der Knechte seinen Freund gebracht hat.

Doch Hiob scheint ihm seinen Einwurf nicht übel zu nehmen. „Ja, man könnte in der Tat sagen, dass sie stolz war, Zofar. Aber es war ein gemessener Stolz, eine angemessene Würde, frei von Anmaßung und Herablassung. Sie machte sich nicht klein, gewiss, hatte nichts Unterwürfiges, und ich weiß, viele Männer erwarten genau das von ihren Weibern: Unterordnung, Gehorsam. Aber Mirjam machte im Gegenzug auch ihr Gegenüber nicht klein. Es war vielmehr so, als würde sie einem gestatten, an ihrer Erhabenheit teilzuhaben. Und obwohl sie alles hatte, alles bekam, was sich eine junge Frau wünschen kann, war sie im Herzen doch immer genügsam. Ja, sie hatte schöne Gewänder, feinen Schmuck und zahlreiche HelferInnen und sie nahm, sie trug das alles, fast möchte man sagen: sie ertrug es auf ganz natürliche Weise, mit großer Selbstverständlichkeit. Aber nie bekam ich den Eindruck, als würde sie all das wirklich brauchen, als würde sie darauf nicht auch verzichten können. Ich weiß noch gut, wie ich mich anfangs über sie wunderte, wenn ich sie beten oder opfern sah. Sie verneigte sich wohl, so wie die anderen Frauen auch. Sie verhüllte sich und sprach die vorgeschriebenen Gebete. Aber sie bettelte nie, sie jammerte nicht, sie haderte nicht. Vielmehr schien es – und ich weiß noch, dass ich das damals ganz stark so empfand – es schien mir so, als gäbe es zwischen Gott und ihr ein Einvernehmen, als würden sie einvernehmlich singen, schweigen, lächeln."

Elifas rühren die Worte des Witwers an. Er fühlte sich ihm nah und verspürt erneut die Neigung, ihn zu berühren, zu halten, zu umsorgen. Dieser Hiob, den er immer so bewundert hat, dieser große, kluge, mächtige Freund – ist innen drinnen doch auch nur ein kleiner Junge, zart, verletzlich, schutzbedürftig. „Es ist ein großer Verlust, mein Freund", beginnt er, „glaub mir, ich kann deine Betroffenheit gut nachempfinden. Ich höre aus deinen Worten wohl, wie sehr du sie geliebt hast, diese besondere Frau, wie sehr es dich schmerzt, dass du dich nicht mehr von ihr verabschieden konntest. Welch weise Vorsehung es doch ist, die dich die traurige Nachricht erreichen lässt just in der Stunde, da deine Freunde bei dir sind. Du bist nicht allein, Hiob, hörst du? Du kannst dir unseres Mitgefühls sicher sein."

Hiob nickt geduldig. Er spürt, dass es Elifas selbst ist, der das Fühlen braucht, das sich-Fühlen, das sich im Mitfühlen Fühlen. Und da erinnert er sich plötzlich an die Nacht, als Mirjam mit ihrem ersten Kind niederkam. Er weiß noch, wie er dasaß und ihr nicht helfen konnte. So stark spürte er das Bedürfnis, ihre Last für sie zu tragen, dass er es kaum aushielt, untätig an ihrem Lager zu sitzen und sie leiden zu sehen. Wären da Dämonen gewesen, die sein Weib bedrängten, er hätte sich ihnen mit gezücktem Schwert und Todesverachtung entgegen geworfen. Hätten Feuer sie zu verschlingen gedroht, er wäre ihr sofort zum Schutzschild geworden, hätte sein Fleisch den Flammen hingehalten, um ihrs damit zu retten. Wäre Gott ihr gnädig gewesen und hätte ihm angeboten, an ihrer statt die Schmerzen zu tragen – oh, wie gerne hätte er sie auf sich genommen!

Aber sie war es gewesen, die litt. Es war einzig und allein ihre Last gewesen. Er hatte sie ihr nicht abnehmen können. Und doch hatte auch er gelitten, in stiller Verzweiflung neben ihr sitzend an seiner eigenen Hilflosigkeit gelitten. Und da in dieser drückend schwülen Nacht, während ihre Schreie ihn durchzuckten, hatte er verstanden, wie wenig er tatsächlich für sie da war, wie sehr er am Ende nur mit seiner eigenen Not beschäftigt war. Schweigend war er an ihrem Lager gesessen, ihre schweißnasse Hand in der seinen, bis sein Atem sich schließlich beruhigte, bis er selbst ruhig wurde. Es war das erste Mal in seinem Leben, dass es ihm gelang, einfach nur da zu sein, dieser leidvollen Stunde standzuhalten, das Stöhnen und Schreien der Geliebten auszuhalten, ohne den Schmerz bekämpfen zu wollen, ohne in ein kraftvolles Tun zu flüchten, zur tapferen Tat zu schreiten, ohne Angst.

„Sie machte sich nie etwas vor", kehrt Hiob zu seiner Gedenkrede zurück. „Sie wusste, dass Glück und Erfolg launische Gefährten sind, heimatlose Gesellen, die kommen und gehen, wie es ihnen passt. Mirjam machte sich wiederholt über die Eitelkeit und den Dünkel der Leute lustig, über jene reichen Familien, die meinten, ihr Wohlstand und der Segen auf ihrem Hause wären ihr eigenes Verdienst. Wir kannten manche, auch in der Verwandtschaft, die meinten, Gott segne die Tüchtigen. Mirjam konnte solche Ansichten mit unaufgeregter Bestimmtheit beiseiteschieben. Als ob es für den Herrn einen Unterschied macht, meinte sie, ob einer zwei oder zweitausend Schafe hat. Als ob Gold und Besitz für Ihn überhaupt erstrebenswert wären. Was wissen wir schon! Vielleicht bestraft uns Gott mit Besitztümern. Das Einzige, sagte sie einmal, was man mit Sicherheit über den Reichtum der Wenigen sagen kann, ist, dass ihm die Armut vieler gegenübersteht. So war sie, sie sah die Dinge nüchtern. Sie sagte nicht, dass Gott die Armen lieber sind als die Reichen. Aber sie war überzeugt, dass die Dankbaren dem Herrn näher sind. Und so verlebten wir glückliche Jahre, dankbar für die Kinder, die uns geboren wurden, dankbar für das Gedeihen unserer Herden, dankbar für den Frieden in unserem Haus."

Genau an dieser Stelle geht von Elihu, der ein wenig abseits, im Rücken der anderen sitzt, eine Unruhe aus. Er richtet sich leicht auf, drückt die Schultern nach hinten und atmet geräuschvoll durch die Nase ein.

Hiob bemerkt es und schaut ihn an. „Du möchtest etwas sagen, Elihu, ich sehe es dir an."

Der Angesprochene senkt das Haupt und zögert.

„Nur heraus damit", ermuntert ihn Hiob, „sag du alles das laut, was sich meine Freunde hier wahrscheinlich bloß leise zu denken getrauen!"

„Nun ja, mein Herr, ich dachte mir, … ich meine, verzeiht, aber es ist keine große Kunst dankbar zu sein, wenn es einem gut geht und man alles hat, was man begehrt."

„Recht hast du, mein Junge", erwidert Hiob freimütig, „und ich würde auch gar nicht so anerkennend über die Verstorbene reden, wenn ich nicht wüsste, dass ihre Großmut geprüft wurde, wenn ich nicht erlebt hätte, dass es ihr auch in schweren Zeiten gelang, hochherzig zu sein."

Elihu schaut Hiob auffordernd an.

„Ja, es gab auch schwere Zeiten – ich meine, bevor das große Unglück uns traf. Eines Tages ritten Amos, mein Zweitjüngster, und seine ältere Schwester Debora aus. Sie wollten ihre Geschwister bei einer nahen Herde besuchen. Sie waren beide sichere Reiter, die schon früh gelernt hatten, ein Pferd zu führen. Als bereits der Lagerplatz ihrer Brüder in Sicht war, schwebte auf einmal ein Falke laut rufend über ihre Köpfe hinweg. Sobald der Schatten des Vogels über seine Augen glitt, scheute das Pferd meines Sohnes urplötzlich und warf seinen Reiter ab. Debora, die voraus ritt, hörte es, saß ab und rannte ihrem Bruder zu Hilfe. Doch das verängstigte Tier sah sie nicht kommen, erschrak erneut und stellte sich auf die Hinterbeine. Es traf das Mädchen mit der Hufe an seiner Schläfe. Unsere Tochter verlor die Besinnung und blieb mehrere Tage bewusstlos.

Die Brüder brachten sie schnellstens zurück nach Hause. Sie trugen den erschlafften Leib Deboras hinein und Mirjam verlor keine Zeit, bettete das Mädchen vorsichtig und versorgte seine Platzwunde. Sie lehnte es ab, nach dem Heiler in den nahen Bergen zu schicken. Gott, meinte sie, wird wissen, was Debora braucht. Ich schickte trotzdem meinen Ältesten los, den Heilkundigen zu holen. Der Alte kam am nächsten Morgen, konnte aber der Ohnmächtigen nicht helfen. Mirjam kümmerte sich tagelang um ihre Tochter, wachte nachts an ihrem Lager, aber sie tat es – und das war bezeichnend für sie – ohne ihre anderen Aufgaben zu vernachlässigen.

Nach drei Tagen erwachte Debora endlich wieder und unsere Freude war groß. Bald jedoch stellte sich heraus, dass sie nicht mehr reden konnte. Aber während ich noch verzweifelte, ob der unverständlichen Laute, die Debora von sich gab, hatte sich Mirjam bereits auf den neuen Umstand eingestellt. Zusammen mit ihrer verstörten Tochter schuf sie eine eigene Zeichensprache und holte das Mädchen damit aus seiner Verzweiflung. Seit dem Unfall schlief es schlecht, redete im Schlaf und warf sich hin und her. Nach einigen

Monaten fand Mirjam heraus, dass Debora Wahrträume hatte; sie sah nachts Dinge, die geschahen oder noch geschehen sollten, von denen sie nichts wissen konnte. Im stummen Gespräch mit der Mutter lernte es, davon zu künden. Für Mirjam war die Sache klar: Gott hat ihr den Mund versiegelt, sagte sie mir eines Abends, dafür aber die Augen geöffnet."

17

Da fällt sein Blick auf das Kästchen, das noch immer dort steht, wo es Duma hingestellt hat, und es scheint ihm jetzt, als sei es dieses Kästchen gewesen, das ihm seine Worte über Mirjam auf fast magische Weise entlockt hat. Wie ein stiller Zeuge seines Gedenkens ist es unbeachtet in ihrer Mitte gestanden, als hätte es gewartet, bis gesagt war, was zu sagen war.

Bildad sieht seinen Freund fragend auf die kleine Kiste blicken und kommt ihm zur Hilfe. „Es stammt von der Verstorbenen, dieses Kästchen. Kurz vor ihrem Tod hat sie wohl darum gebeten, es dir zu überbringen." Und überflüssigerweise setzt er hinzu: „Es muss ihr wichtig gewesen sein." Am liebsten würde er seinen Freund drängen, es doch endlich zu öffnen, denn er vertraut nicht gerne auf den naturgemäßen Lauf der Dinge. Dass alles Verschlossene einst geöffnet wird, ist ihm zu ungewiss. Er kann sich letztlich nur auf das verlassen, was er selbst in die Hand nimmt. So war das schon immer.

Aber Hiob lässt sich nicht drängen. Er schaut vom schlichten Behältnis am Boden auf und blickt Bildad in die Augen, will sich vergewissern. „Und es gibt dazu keine Nachricht von ihr?"

„Kein Wort."

„Vielleicht war sie bereits zu schwach, um noch etwas sagen zu können", versucht nun Elifas eine tröstende Erklärung, „oder man hat sie nicht mehr verstanden."

„Gewiss", stimmt Zofar zu, „wenn sie dazu in der Lage gewesen wäre, hätte sie dir bestimmt noch eine Botschaft zukommen lassen."

„Ich denke auch", stimmt Bildad in den Verharmlosungschor mit ein, „du solltest das nicht überbewerten, Hiob." Und auf das Hergebrachte deutend, fügt er hinzu: „Immerhin hat sie dir diesen Gruß hier geschickt."

Doch Hiob scheint nicht richtig zuzuhören. „Mirjam wählte ihre Worte stets sorgsam, sprach ungern zu viel oder unnötigerweise."

„Solche Weiber gibt's?", scherzt Zofar und löst damit ein kurzes, befreiendes Lachen aus.

Auch Hiob schmunzelt, wird dann aber wieder ernst. „Wie gesagt, sie hatte es nicht nötig, viele Worte zu machen und wenn sie sprach, dann erschien es einem, als spräche sie genau das aus, was die Situation verlangte. Wenn sie feststellen musste, dass jemand seinen ersten Satz mit dem zweiten wiederholte, oder abschwächte oder gar zunichtemachte, konnte sie schnell ungeduldig werden. Nein, ich glaube, sie hat diesmal, dieses letzte Mal wohlüberlegt auf Worte verzichtet…"

„…weil sie meinte, dass es gar keiner Worte bedurfte?", setzt Elifas den Gedanken fort.

„…weil sie meinte, gemeint haben muss, dass Worte eine Schwächung bedeutet hätten. Sie wollte dieser Nachricht, diesem Nachgereichten offenbar nicht noch etwas hinterher reichen." Dann greift Hiob nach dem Kästchen, zieht es zu sich herüber, hebt den Deckel und blickt zunächst auf ein weich fallendes blau gefärbtes Tuch. Zögernd befühlen seine Finger den feinen Stoff, so als fürchte er, das makellose Gewebe mit seinem Blut oder Eiter zu beflecken. Vorsichtig faltet er aus dem kostbaren Stoff eine bronzene Schale, schlicht geformt, sauber gearbeitet und wiegt sie in beiden Händen.

Bildad erkennt sogleich, was der Trauernde dort freigelegt, aus der Obhut des Holzes geholt hat, erkennt die eigene Arbeit, die vollendete Rundung, den leicht abgeflachten Boden, den zart ziselierten Rand. Es ist die Opferschale, die er selbst fertigte, als Hiobs erster Sohn geboren war. Es war sein Geschenk an den Freund. Wie der Herr es von den Enkeln Jakobs verlangt, löste Hiob seinen Erstgeborenen mit einem Tieropfer aus und fing dabei vom Blut des Böckleins in dieser Schale auf. Es ist dieselbe Schale, denkt Bildad, die der Freund später bei der Bestattung eben dieses Sohnes benutzte, in der er erneut das Blut eines geopferten Tieres auffing. Er hält den Atem an, als er ahnt, was im Kästchen noch der Ausfaltung und Enthüllung harrt.

Auch die anderen schauen gebannt auf den schimmernden Gegenstand in den Händen des Witwers. Jeder von ihnen spürt, dass sich mit dem Aufglänzen dieser Schale etwas geändert hat. Sie alle sehen, wie tief das Nachgesandte den Gequälten bewegt. Würde er nicht sitzen, denkt Elifas, man könnte meinen, er wanke – und hält sich im Wanken am Geschmiedeten fest, so als gelte es nur dieses zu halten, von allem nur dieses zu behalten, um schließlich selbst vom Sinn des Gefäßes gehalten zu sein.

Schließlich seufzt Hiob vernehmlich und stellt die Schale vor sich hin auf die Decke. Dann holt er hintereinander fünf weitere bronzene Opferschalen aus der kleinen Kiste hervor, jede ein wenig anders geformt, anders geprägt als die anderen. Alle stammen aus der Werkstatt Bildads, sind vor Jahren dort in Auftrag gegeben worden. Jedes Mal, wenn Mirjam ihm einen Sohn schenkte, hatte er eine solche Opferschale anfertigen lassen. Und jedes Mal hatte er – wie beim Erstgeborenen – für das Leben und Wohlergehen des Jungen ein einjähriges Böcklein geopfert, hatte Tribut gezahlt, hatte gebetet, der Todesengel möge an der Pforte seines Hauses vorüberziehen. All die Jahre tat er seine Schuldigkeit weit über das vorgeschriebene Maß hinaus, gab den Priestern, gab den Knechten, leistete Verzicht.

Opferschalen, wundert sich Elihu im Stillen, sein Weib schickt ihm Opferschalen. Doch ihre Anzahl erzählt ihm, was ihr Zweck ihm nicht verriet. Dass Hiob sechs Söhne hatte, weiß er. Dass er sie auf einen Schlag verloren hat, raunte man sich noch bis in die entlegenen Dörfer zu. So ahnt der Priestersohn, was es mit diesem halben Dutzend auf sich hat, ahnt die Bedeutung der Botschaft. Der Mann hat das Tier geopfert und trotzdem den Menschen verloren, hat das Fleisch den Flammen gereicht – und dennoch gerichtet wurden seine Söhne. Der Herr hat sein Opfer nicht angenommen. Ist es das, denkt er sich, was die Verstorbene ihrem Gatten über ihr Grab hinweg zuruft? Vergebens war dein Sühnen?

Auf einmal kommt Bewegung in Hiob. Er nimmt die Schalen, stellt sie rasch und klirrend ins Kästchen zurück, drückt das Tuch in die Lücken, verschließt den Behälter und reicht ihn Bildad. „Da nimm! Ich bitte dich, Bildad, nimm sie zurück! Verkaufe sie, verschenke sie, schmelze sie ein, tue, was du möchtest. Ich habe keine Verwendung mehr für sie."

„Du willst sie nicht aufheben, sie aufbewahren als …?"

„…als was? Als Andenken? Woran sollen sie mich denn erinnern? An die Hoffnung, die mit meinen Söhnen erstarb? An die Freude, die der Bitterkeit wich? An mein Weib, das sie mir zum Zeichen sandte? Soll ich sie mir zum Altar aufschichten und andächtig davor der Macht des Todes gedenken?"

Da schaut Bildad beschämt zu Boden, denn er ist um eine Antwort verlegen.

Doch Hiob fährt bereits fort: „Tat ich nicht alles Menschenmögliche für meine Kinder? Ich nährte sie, kleidete sie, lehrte sie den rechten Glauben. Ich hielt die Vorschriften ein, die Gott uns gegeben hat, und hielt meine Kinder an, sie ebenfalls streng zu befolgen. Was also war mein Verfehlung, meine große Missetat, die ich mit den Söhnen sühnen musste?"

„Bis ins dritte und vierte Glied, heißt es in der Schrift", traut sich Elihu den Trauernden zu lehren, „bis ins dritte und vierte Glied müssen die Frevel eines jeden gesühnt werden."

„Meinst du, mein Junge, es ist die Schuld meines Vaters oder meines Großvaters, dass ihre Enkel elend vom einstürzenden Gebälk erschlagen wurden? War es ihre Last, die meine Söhne erdrückt hat? Mein Vater und mein Vatersvater waren ehrbare Männer, fromm, bescheiden, sanftmütig. Kein Richter, kein Priester legte ihnen je eine Schuld zur Last. Soll also ihr Übel ein Verborgenes gewesen sein? Meinst du etwa, ihr Herz war voller Hass und böser Gedanken, was zwar die Menschen nicht erkannten, der Herr aber wohl sah?"

„Möglich wäre es", erwidert Elihu unbeirrt und nimmt dabei die Kränkung seines Gegenübers allzu leichtfertig in Kauf.

„Elihu!", ermahnt ihn Elifas. „Sind dir die Schriften wichtiger als die Menschen? Wenn wir doch alle Kinder Gottes sind, was gibt es dann Wertvolleres auf Erden? Lese zuerst die Menschen und ich sage dir, du wirst danach in den Büchern mehr sehen, die Schriften anders lesen."

„Es wäre leichter gewesen", setzt Hiob seine Rede fort, ohne auf diese Unterbrechung einzugehen. „Es hätte mich entlastet, das Übel beim Vater oder Großvater zu wissen.

Schande trägt sich leichter als Schuld. Ich wäre das Kind von Sündern und Schurken gewesen. Viele hätten mich deswegen gemieden oder mit dem Finger auf mich gezeigt. Aber ich hätte immer um meine Unschuld gewusst."

„Wir wissen, Hiob", beschwichtigt Elifas, „dass deine Vorfahren alle hoch angesehene Mitglieder ihrer Gemeinde waren."

„Das habe ich mir auch gesagt", erwidert der Gebeugte, „meine Väter konnten nicht schuld sein. Auch meine Söhne selbst konnten in den Jahren ihrer Jugend nicht eine solche Schuld auf sich geladen haben. Du verstehst, was das heißt."

„Du meinst, dass du …"

„… ja, ich dachte das, was ihr auch dachtet, als ihr herkamt. Ich selbst trage Schuld an meinem Los. Ich hatte für meine Kinder großzügig geopfert, doch als ich dann an ihrem Grab stand, plagten mich Schuldgefühle. Wie Schemen, wie eine unfassbare und unerklärliche Last lagen sie auf meinem Gemüt. Und da opferte ich erneut, bat den Gott meiner Väter den Seelen der Verstorbenen gnädig zu sein, gab her für jedes der Toten wieder das Leben eines Böckleins, ließ ihr Blut vom Opferstein fließen, fing es auf in diesen bronzenen Schüsselchen. So stand am Anfang wie am Ende des Lebens meiner Kinder ein Opfer, stand Blut in diesen Schalen."

„Du tatst", stellt Bildad fest, „was deine Väter dich gelehrt haben. Willst du etwa sagen, falsch ist es gewesen, für die Söhne zu opfern?"

„Falsch oder richtig, es war auf jeden Fall umsonst. Hätte ich nicht geopfert, welch schlimmeres Los hätte meine Söhne ereilen können?"

18

Als Zofar zur Welt kam, herrschte im Land eine arge Hungersnot. Die Regenzeit war ausgeblieben, sodass die Saat auf den Feldern nicht keimte. Ein ungewöhnlich warmer Wind hatte Saatgut und Erde davongetragen. Schließlich war der Regen gekommen, aber zu spät und zu reichlich. Was die Dürre überstanden hatte, wurde in den Wassermassen ertränkt. Als erstes waren die Kornvorräte zur Neige gegangen, dann gab es kaum noch Futter fürs Vieh. Reihum schlachteten die Familien Böcke, teilten das Fleisch mit den Nachbarn. So lange wie möglich hatte man versucht, die Muttertiere zu halten. Schließlich aber waren ihre Euter geschrumpft und dörr geworden. Händler waren losgezogen, anderswo Gerste und Salz zu kaufen, aber sie hatten nur wenig erwerben können. Überall war Not gewesen.

Zofars Eltern mühten sich, ihre Kinder durchzubringen. Sein Vater Schama aß kaum noch, überließ seinen Teil oft fast ganz seiner Gattin Machla, die ja eine Frucht im Leib trug. Sie wollten sicher gehen, dass ihr Milchfluss nach der Geburt nicht ausbleiben würde. Als seine Mutter mit ihm niederkam, war sie aber bereits sehr schwach und Schama fürchtete um ihr Leben mehr als um das der Leibesfrucht. Doch Mutter und Kind überstanden die Geburt glücklich und kamen in den Tagen danach langsam wieder zu Kräften. Schama hatte im Nachbardorf noch ein wenig Käse und getrocknete Feigen aufgetrieben. Davon zehrten Machla und ihr Söhnchen eine ganze Weile. Ihre Milch floss spärlich. Deshalb nährte sie Zofar zusätzlich mit dem Saft der gegarten Feigen. Dem Jungen war das freilich nicht genug und oft saugte er gierig an ihrer trockenen Brust, so dass es sie schmerzte und tiefer noch schmerzte, weil sie sah, dass das Kind litt und sie seine

Not nicht weiter lindern konnte.

Monate vergingen. Das Kind wuchs auf in der ständigen Gegenwart des Mangels. Nie gab es genug, das Wenige reichte gerade zum Überleben. Zofar schrie, maunzte, weinte und gab schließlich erschöpft auf, gab nach im Ringen mit zehrendem, zerrendem Hunger. So lernte er mehr nicht zu wollen, als was er bekam, lernte mit dem Mangel zu leben, am Wenigen sich satt zu wähnen. Die fortdauernde Enttäuschung, die Leere, die Hilflosigkeit waren zu schmerzhaft. Noch bevor er gehen oder reden konnte, war er genügsam geworden. Aber der Hunger war geblieben.

In den folgenden Jahren erholten sich Land, Tiere und Menschen. Die Feldfrüchte gediehen wieder, die Bäume trugen wieder Obst, erneut vermehrte sich das Vieh. Auch für Zofars Familie war die Todesgefahr gebannt. Es gab täglich etwas zu essen und Machla bekam ihre Kinder endlich satt. Merkwürdigerweise aber nahm Zofar immer nur wenig zu sich. Seine Mutter hatte erwartet, er würde jetzt gierig verschlingen, was ihm die Stunde bot, so wie ein Kamel nach einem entbehrungsreichen Zug durch die Wüste in kurzer Zeit seine Höcker füllt. Aber Zofar hielt sich auffallend zurück, so als würde er der Lage nicht trauen, als rechnete er damit, dass der Mangel jeden Moment zurückkehren könnte. Ja, er tadelte sogar seine Geschwister, wenn sie herzhaft zulangten und unbekümmert aßen und tranken. Als kleiner Junge nahm er ihnen oft die Schüsseln und Gefäße, Brot und Brei weg und legte damit bescheidene Vorräte an. Die älteren Geschwister zogen ihn deswegen auf und nannten ihn lachend ihren kleinen Lagerverwalter, aber Machla sah es mit Kummer.

Seit jener Zeit, seit seinen frühesten Tagen hasste er Verschwendung. Und sie war überall. Überall sah er Vergeudung, Misswirtschaft, Übertreibung, Prasserei, Luxus. Sie erfüllte ihn mit Abscheu und Furcht. So ist es auch jetzt, da er auf die sechs bronzenen Schalen blickt, die sein einst so vermögender Freund achtlos in die Kiste packt. Und er fragt sich, ob es nicht gerade diese Verschwendung war, die dem Freund zum Verhängnis wurde. *Eine* Opferschale hätte doch auch gereicht. Aber gleich sechs! Jede davon hat Hiob nur für diese eine Opferung verwenden dürfen und ist danach bloß herum gestanden, ein Attribut der Wohlhabenden. Gott aber liebt die Sparsamen, die Anspruchslosen. Das weiß jeder, der sich anschaut, wie die Gottesmänner leben: enthaltsam, dürftig gekleidet, im kargen Land der Wüste. Auch Hiob muss das gewusst haben. Aber offenbar konnte er der Versuchung der Pracht nicht widerstehen. Hätte er nicht so viel Geld für derlei Kostbarkeiten ausgegeben, würde es ihm jetzt nicht so schlecht gehen. Das war es wohl, was sein Weib ihm noch vom Sterbelager aus hat sagen wollen: Vergeudet hast du Hab und Gut.

19

„Zofar!"

Die Stimme Hiobs reißt ihn aus seinen Gedanken. Er blickt auf und sieht, wie der Entstellte ihm fast schon erregt das Kästchen mit den Opferschalen hinhält.

„Nimm es du, Zofar! Nimm es! Ich kann verstehen, dass Bildad die Arbeit seiner Schmiede nicht zurücknehmen mag. Aber du könntest sie nehmen. Ich schenke sie dir."

Zofar schaut auf die Holzkiste in Hiobs Händen, blickt den Trauernden kurz an, senkt den Blick und schüttelt leicht das Haupt, schaut dann wieder auf. „Das ist keine gute Idee", erwidert er dem Freund. „Ich finde, du solltest sie behalten. Ich glaube nicht, dass es in deiner Lage vernünftig wäre, solche Wertsachen zu verschenken. Du bist jetzt verbittert und willst alles weggeben, aufgeben. Aber du solltest nehmen, was du hast, solltest annehmen, was das Los dir zugeteilt hat."

„Und genau das tue ich", erwidert Hiob und senkt die Arme. „Ich *habe* ja angenommen, habe dankbar in mir aufgenommen, was Mirjam für mich mitgegeben. Denn nicht nur zugeteilt wurde es mir, sondern mitgeteilt. Schaue nur genau hin, Zofar! Dieses Schmiedewerk hier ist wie kunstvolle Schrift, sinnschwere Form, ein Erz, das nicht nur tönt, sondern auch kündet. Der Zweck prägte einst seine Form, doch nun hat der Sinn sich dieser ermächtigt, ein Sinn, der mir eben erst aufgegangen ist. Und jetzt, da ich den Gehalt erfasst habe, weshalb soll ich da noch länger an der Gestalt festhalten?"

„Wie, du hast den *Gehalt* erfasst?", wundert sich Zofar. „Das sind Opferschalen, was soll schon ihr Gehalt sein. Da war Blut drin."

„Oh ja, da war Blut drin", bestätigt Hiob sinnend. „Dort hinein floss der warme Strom des geopferten Lebens. Und mit diesem Schwall ergoss sich zuckend die Angst der Kreatur in das Gefäß, die Todesangst des Tieres, um zu beschwichtigen die Furcht des Menschen. Denn es war Furcht, die meine Hand zum Stechen und Schneiden führte, die die Fackel an das Fett hielt."

Nun fühlt sich Elihu zum Widerspruch berufen. „Jeder sollte demütig und voller Dankbarkeit opfern, mein Herr, aus Liebe zum Herrn, unserem gütigen Schöpfer."

„Das sollte man vielleicht, Elihu, aber zwischen Sollen und Können klafft zuweilen eine tiefe Kluft. Ich für mein Teil musste am Ende lernen, dass mich immer nur die Furcht zum

Opfern führte. Egal ob ich Verlust, Verderben oder Verdammung fürchtete, stets wollte ich doch nur Gott auf meiner Seite wissen, wollte ihn für mein Haus und Heil gewinnen, ihn als Schutzmacht anwerben. Zeugt das nicht von einem wahrlich kümmerlichen Glauben, Elihu, wenn man meint, sich Gott gefügig machen zu können, ihn zum Verbündeten machen zu müssen?"

„Gott hat uns geboten ihm zu geben, was ihm zukommt", verteidigt Elihu das Ritual.

„Und wer bin ich, das in Frage zu stellen? Aber, ich rede nicht von Gott, Sohn Abihus, ich rede vom Menschen, von dir und mir. Gott allein kann Gott erfassen. Welcher Sterbliche wollte schon behaupten, Seinen Willen zu kennen? Oder meinst du, die Priester erfassen das Wesen Gottes, Elihu?"

„Mitnichten!", empört sich der Angesprochene. „Es wäre mehr als vermessen, so etwas zu behaupten!"

„Also hüten wir uns, von Gott zu sprechen! Bleiben wir beim Sterblichen, beim Todgeweihten, beim Angstgeplagten."

„Wir sind Kinder Gottes", ereifert sich Elihu, „wir brauchen den Tod nicht zu fürchten…"

„… und tun es trotzdem", hält Hiob dagegen.

„Wer Gott fürchtet", belehrt ihn der Jüngling unbeirrt, „braucht vor dem Tod keine Angst zu haben."

„Gott fürchten, den Tod fürchten – wo ist da der Unterschied? Ich habe stets die Riten recht vollzogen, den Sabbat geehrt, die Gebete gesprochen, die die Väter uns lehrten. Und doch war ich nie ohne Furcht. Immerzu fürchtete ich, dem Segen Gottes nicht würdig zu sein. Immerzu meinte ich entsagen zu müssen, leiden zu müssen, opfern zu müssen, als sollte ich auf ewig eine fremde Schuld tilgen, als stünde mir sonst Glück und Heil nicht zu."

Elihu setzt zur Erwiderung an, aber Hiob schneidet ihm das Wort ab.

„Nein, komme mir jetzt nicht wieder mit dem dritten und vierten Glied! Ich habe meinen Vater befragt, bin in ihn gedrungen, habe ihn bedrängt, mir zu erzählen, welche Wege er gegangen, welche Schritte er bereute. Ich ließ nicht locker, bis er mir auch erzählt hatte von den Wegen und Abwägungen *seines* Vaters. Deshalb, Elihu, kann ich mit Entschiedenheit sagen: Es war nicht *ihre* Schuld, die ich meinte, tragen zu müssen. Nein, es war eher eine Schuld, die ich mir selbst auferlegte, wie ein Joch, dass ich schulterte, für andere schulterte, um das Gefühl zu haben, wer zu sein, wertvoll zu sein, einen Sinn zu haben."

„Aber das ist doch absurd", mischt sich Bildad nun ein. „Bist du von einem Dämon besessen, Hiob, dass du es liebst, dich schuldig zu fühlen?"

„*Liebtest*, Bildad, denn ich *war* es vielleicht in der Tat und ganz sicher, wenn du auch die Furcht als Dämon gelten lässt. Aber glaube nicht, dass dieser Dämon nur mich heimgesucht hätte. Du kennst die Menschen schlecht, wenn du meinst, in ihnen herrschen Sinn und Verstand."

„Natürlich gibt es Schwachköpfe", räumt Bildad ein, „aber noch nie sah ich einen, der es liebte, irgendeine eingebildete Schuld zu tragen." Er schaut in die Runde, aber seine launig gemeinte Bemerkung, vermag den ernsten Gesichtern kein Schmunzeln zu entlocken. Da meint er, sich verteidigen zu müssen. „Oder ihr etwa?", ruft er aus. „Klar, es gibt sie alle, die zaudernden Mägde, die garstigen Wächter, die gierigen Zöllner, die prahlenden Hauptmänner genauso wie die ewigen Antreiber…"

„… oder die sturen Böcke", fügt Zofar mit einem spöttischen Blick auf Bildad hinzu.

„… oder die zänkischen Weiber, die ihren Männern das Leben vergällen", ergänzt Elihu.

„Egal", setzt Bildad der Aufzählung entschlossen ein Ende. „Manche dieser Hohlköpfe sind gewiss furchterregend …"

„… oder einfach nur fürchterlich", wirft Zofar grinsend ein.

„… und mancher Freund noch schlimmer als befürchtet", erwehrt sich Bildad verärgert Zofars Stichelei. „Aber ganz sicher sind sie nicht furchtsam. Gefühllos, ja! Ohne Anstand, gewiss! Grausam, oft auch das! Aber von Ängsten geplagt, Hiob, scheinen sie mir alle nicht."

Der Leidgeprüfte zögert kurz, schaut dem Freund einen Atemzug lang in die Augen, entscheidet dann aber, dass noch nicht gekommen ist, die Zeit der Erwiderung – und schweigt.

20

Elifas hat die ganze Zeit über das Gespräch still, ja fast etwas eingeschüchtert verfolgt. Dieses Gerede über Schuld und Angst ist ihm zu schwer, zu bedeutend, als dass er etwas dazu sagen könnte. Er bewundert die Gelehrsamkeit Elihus und die Entschiedenheit Bildads, ja sogar die Schlagfertigkeit Zofars. Mehr aber noch beeindruckt ihn Hiobs ruhige Klarheit. Wie der Arme bloß so gefasst bleiben kann, fragt er sich wieder und wieder. Der muss doch Schmerzen haben. Seine Gesichtshaut ist aufgesprungen, seine Wunden nässen. Und dazu kommt noch sein Seelenschmerz, seine Trauer. Und wie Elifas auf die verschorften Hände und Unterarme Hiobs schaut, erinnert er sich, dass schon einmal aufgeschürft waren die Hände des Freundes.

Er war noch ein kleiner Junge damals und sollte die Ziegen

hüten. Hiob oder Idji, wie sie ihn damals nannten, leistete ihm Gesellschaft. Sie spielten Schwertkampf mit Stecken, die Idji, obwohl er der Jüngere war, immer gewann. Als sie schließlich aufbrechen wollten und die Ziegen zählten, fehlte eines der Tiere. Elifas würde ordentlich Ärger bekommen, wenn er die kleine Herde nicht vollständig ins Gehege zurückbrachte. Also machten sie sich auf die Suche. Aber das Gelände war zerklüftet und sie fanden das verlorene Tier nicht. Die Dämmerung setzte bereits ein und sie würden die Suche bald abbrechen müssen.

Da entdeckte Idji die Ziege in einer engen Kluft, die so tief war, dass man einen ausgewachsenen Wachholderbaum darin hätte versenken können. Offenbar hatte sich das Tier zu weit vorgewagt und war dann am steilen Hang hinuntergerutscht. Sie konnten sehen, dass die Ziege weitgehend unversehrt war und sich bemühte wieder hoch zu kommen. Aber das erschöpfte Tier schaffte es nicht, die steile Wand hinaufzuklettern. Elifas war verzweifelt und wollte Hilfe holen, aber Idji wusste bereits, wie er die Ziege heraufholen konnte. Sie gingen zurück zu ihrem kleinen Lager, nahmen die Seile, mit denen sie zwei brünstige Böcke angebunden hatten, und knoteten die Stücke zusammen. Es waren eigentlich nur Stricke, aber Idji hoffte, sie würden reichen.

Schnell liefen sie wieder zur Kluft und sahen unter ihnen, wie das arme Tier zitterte und immer wieder stolperte und einknickte. Idji band das eine Ende des Seils um einen Felsen, der am Abgrund herausragte, schlang sich das andere um die Hüfte und begann sogleich mit dem Abstieg. Sein Freund wollte ihn zunächst zurückhalten und bot an, selbst hinunterzuklettern. Immerhin war er der Ältere und es war seine Aufgabe gewesen, die Ziegen zu hüten. Aber Idji lächelte nur und trug ihm auf, dafür zu sorgen, dass sich der Knoten am

Felsvorsprung nicht löste. Dann stieg er behände hinab in die Schlucht und war schon bald beim verstörten Tier.

Der Aufstieg kostete ihn allerdings einiges an Geschick und Geduld, denn er sah sich gezwungen die Ziege auf den Schultern zu tragen, wogegen sie sich zunächst ängstlich sträubte. Immer wieder rutschte er weg und fand nur mühsam Halt. Immer wieder zappelte das Tier und wenn er dann nicht rasch eine Hand vom Seil nahm und es festhielt, wäre es ihm vom Rücken hinab zurück in den Abgrund gesprungen. Elifas indes konnte dem Freund kaum helfen. Er hatte nicht die Kraft Tier und Retter gemeinsam hochzuziehen. Und so stand er da, drückte mit seinem Fuß fest auf den Knoten des Seils am Felsen und blickte angstvoll hinunter. Es dauerte eine geraume Weile und es war fast dunkel, als er Idji endlich die Ziege von den Schultern nehmen und den Freund über den Felsrand ziehen konnte. Das Tier kraxelte davon, aber Idji lag zunächst erschöpft auf dem Rücken und atmete schwer.

Da erst hatte Elifas bemerkt, dass sich der kühne Kletterer die Hände und Arme übel aufgeschürft hatte. Viele Stellen waren nicht bloß gerötet, sondern völlig enthäutet, blutig und verdreckt gewesen. Und so wie heute hatte er damals an die Schmerzen gedacht, die der Freund erleiden musste. Der aber hatte keinen Ton von sich gegeben, nicht geklagt, nicht gejammert. Mehr noch: Er hatte Elifas das Versprechen abgenommen, keiner Menschenseele davon zu erzählen und ihm dann erst gestattet, seine Wunden am nahen Bach zu säubern.

Unwillkürlich lächelt Elifas, als er jetzt an diesen Vorfall zurückdenkt. Spät waren sie erst wieder im Dorf angekommen. Von seinem Vater hatte er Prügel bezogen, aber das hatte er nicht anders erwartet. Am nächsten Tag in der Früh hatte er seine Mutter um Wundheilmittel gebeten. In der ganzen Siedlung war bekannt, dass sich seine Mutter gut mit Kräutern, Wurzeln und Harzen auskannte. Zunächst war sie erschrocken, weil sie meinte, ihr Mann hätte den Sohn zu hart bestraft. Doch als er ihr verraten hatte, seinem Freund helfen zu wollen, war sie schnell beruhigt gewesen. Sie gab ihm ein Krüglein feines Öl, frisches Lauchkraut und wilden Sellerie mit. Dann war er zum Idji hinüber gegangen. Heimlich hatte er die Wunden des Freundes gepflegt.

Wenn er heute daran denkt, erstaunt es ihn, dass Idji seine Behandlung damals widerspruchslos zuließ. Schweigend war der Jüngere mit entblößten Armen dagesessen, während sein Heilerfreund ganz zart und übervorsichtig die verletzte Haut mit dem duftenden Öl einrieb. Er weiß noch genau, wie unsicher er dabei gewesen war. Die ganze Zeit hatte er gefürchtet, dem Freund mehr Schmerz als Linderung zu bereiten. Aber Idji hatte ihn nicht nur gewähren lassen, er hatte ihm auch versichert, wie gut es ihm tat.

Seit damals weiß Elifas, dass seiner Hände Berührung wohltuend, manche sagen sogar heilsam ist. In den folgenden Jahren sorgte er dafür, unterwegs immer ein paar besonders wirksame Heilkräuter dabei zu haben. Sobald er es sich leisten konnte, hatte er das viel gerühmte Myrrhe von einem Händler gekauft, der es an der großen Straße zwischen Damaskus und Gaza von anderen Händlern erworben hatte. Die kostbaren Harzklümpchen zermahlte er damals stundenlang zu einem feinen Pulver, das er einem reinen Öl beimischte. Ein kleines Gefäß mit diesem Balsam gehört seitdem zu seinem Reisegepäck. Und nun, da er dessen wieder innewird, weiß er, was er zu tun hat.

Seine Hand gleitet in den Beutel aus Ziegenfell, den er neben sich am Boden stehen hat, und umschließt alsbald entschlossen das schlanke Krüglein. Fast geräuschlos erhebt er sich und zieht dabei das in seiner Hand Geborgene aus dem Beutel heraus. Seine Freunde schauen fragend zu ihm hoch, doch er meidet ihre Blicke und geht, als würde er auf einem Seil über einem Abgrund balancieren, die wenigen Schritte bis zum Schmerzgequälten und lässt sich schließlich vor ihm auf die Knie nieder. Er hört, wie die anderen erschrocken die Luft einziehen, den Atem anhalten, spürt, wie alles um ihn herum erstarrt. Sogar die Blätter an den nahen Sträuchern scheinen innezuhalten. Er weiß, was die Freunde denken: Schon *der* ist des Todes, den der Aussätzige mit seinem giftigen Atem bloß anhaucht. Vollends verflucht ist aber ein jeder, der den Kranken berührt. Denn er selbst wird dadurch unweigerlich zum Unberührbaren.

Auch Hiob ist erstaunt und schaut Elifas aus großen Augen fast schon ein wenig belustigt an. Er sieht den einfühlsamen Freund mit sich ringen, sieht ihn zweifeln, zögern, die geschlossene Hand vor der Brust. Und er weiß, es ist nicht Furcht vor Krankheit und Siechtum, die den soeben noch fest Entschlossenen nun plötzlich zaudern lässt. Nicht einmal der drohende Ausschluss aus der Gemeinschaft der Seinen ist es, was diesen Nothelfer nötigt, sein Tun zu überdenken. Hiob kennt seinen Freund genau. Elifas ist dabei etwas zu tun, was kein anderer bisher getan hat. Und genau das scheint ihm auf einmal ein sicheres Zeichen dafür, dass er geblendet ist, geblendet vom Wahn vermeintlicher Größe. Ausgerechnet er sollte etwas können, was alle anderen nicht zu tun vermögen. Hiob weiß, Elifas fürchtet sich zu übernehmen, fürchtet ein Scheitern mehr als jeden Schmerz und so überrascht es ihn nicht, dass sich der Freund am Ende doch nicht zutraut, wozu das Herz ihn gerade noch drängte.

Er sieht, wie Elifas mutlos seine geschlossene Faust sinken

lässt, kraftlos sinken lässt, bis sie ihm im Schoße ruht, sieht ihn sich leicht vorbeugen, den Arm strecken und den Boden berühren. Dort, nur eine Fingerlänge entfernt vom Kranken, lockert er seinen Griff und gibt ein kleines, handgroßes Tongefäß frei. Und als es zwischen ihnen steht, zieht er seine Hand zurück, die heilende, lässt sie vom Freund.

Beschämt senkt Elifas das Haupt. Er wagt es nicht, den Verlustgeplagten jetzt noch anzuschauen, jetzt, da ihn der Mut verlassen hat. Und er traut sich umso weniger, dessen Augen zu begegnen, da er in ihnen den Bewunderten, den Kühnen sehen würde, der immer mutig vorangegangen, scheinbar ohne Angst gewesen ist. Aber was hätten der sanfte Druck und die Wärme seiner Hände gegen ein solches Leid schon bewirken können? Hat er tatsächlich geglaubt, er könne heilen, was doch Gott selbst geschlagen und gebrochen? „Das wird dir helfen, Hiob", hört er sich schließlich sagen, kleinlaut, fast flüsternd.

„Das wird mir helfen", wiederholt der heillos Heimgesuchte nickend und sagt es nicht, als würde er fragen, nicht als wollte er sagen: *Das* soll mir helfen? Nein, er sagt es, als würde er den Worten des Zaghaften noch Nachdruck verleihen: Ja, Elifas, du hast ganz Recht, das wird mir helfen. Aber sie wissen beide, dass es gelogen ist, in aller Bescheidenheit gelogen. Die Hand des Freundes, die Berührung eines Berührten hätte ihm vielleicht geholfen. Aber ihm diesen Balsam bloß hinzustellen, vor ihm abzustellen, heißt eben auch: Mehr kann ich nicht für dich tun. Sieh zu, dass du dir selber hilfst! Oder: Mache deinen Frieden mit Gott.

21

Unangenehm ist die Stille, die sich jetzt über die Gruppe senkt, herabsenkt wie dichter Nebel aus den Bergen. Nur Elihu, der wenig über diese Freunde und noch weniger über Freundschaft weiß, entgeht die Niederlage, die darin liegt. Er fühlt sich vom Gespräch, bei dem er eigentlich zufällig, ja im Grunde ungewollt zugegen ist, nicht betroffen. Es greift ihn nicht an, er bleibt davon unberührt. Aber sein Interesse als Schriftgelehrter ist geweckt und so kann er die Sprachlosigkeit, das Schweigen aus Scham und Schande, leicht wie kein anderer überwinden. „Habe ich Euch vorhin richtig verstanden, mein Herr", beginnt er, „dass Ihr meintet, Ihre Gattin hat ihnen diese Opferschalen hier kurz vor ihrem Tode als eine Art letzte Nachricht, als ein Zeichen geschickt?"

Ganz so als würde er sich nach der Sprache Elihus bewegen, wendet sich Hiob umständlich dem hoch gewachsenen jungen Mann zu. „*Nachricht* trifft es nicht ganz, mein Junge, vielleicht sollte man besser sagen *Nachklang*. Es ist, als ob mein Weib etwas damit in mir anklingen lassen, in Erinnerung rufen wollte. Es ist kein Zeichen, das auf etwas hinweist, etwas zeigt, sondern ein Ton, der in mir Anklang finden, ein Schlüssel, der mich für die Wahrheit öffnen sollte."

„Die Wahrheit?"

„Die Wahrheit ist, dass Gott mein Opfer nicht braucht, es nie gebraucht hat. Geopfert habe ich immer nur meinetwegen – nicht seinetwegen. Niedergeworfen habe ich mich, dem himmlischen Gebieter selbstlos untergeordnet, nicht weil Er dessen bedurfte. Vielmehr war ich fest davon überzeugt, es niemals ertragen zu können, dem Herrn aufrecht zu begegnen. In seinen göttlichen Augen, so fürchtete ich, hätte sich nur meine wertlose Feigheit schmerzhaft gespiegelt.

Wann immer ich fühlte, dass Er sich dem Opferstein näherte, warf ich mich in den Staub, bot mich Ihm als Fußmatte an. Mit Füßen treten sollte er mich, um ja nicht Seine Heiligkeit mit dem Staub und Dreck der Erde zu besudeln. Das war mir das Höchste."

„Und Euer Weib …"

„… Mirjam?" Hiob schüttelt den Kopf und zeigt etwas, das wie ein grimmiges oder bitteres Lächeln aussieht. „Mirjam konnte das nicht mit ansehen. Manchmal, wenn ich die Tritte des Herrn geradezu herbeiflehte, grinste sie spöttisch und zog mich auf, nannte mich einen allzu kniefälligen Knecht. Doch meistens machte sie meine Ergebenheit ungeduldig und mehr als einmal warf sie mir vor, Gott zu missbrauchen. Ich verstand das damals nicht und schimpfte sie meinerseits herrisch und vermessen."

„Und jetzt …"

„… Jetzt verstehe ich, Elihu."

„Verstehe was?"

„Verstehe, dass wir alle nur das anbeten, was uns mächtig genug dünkt, unsere Furcht zu besänftigen."

„Verzeiht mein Herr, aber Ihr redet wie ein Heide. Wir machen uns keinen Gott, sondern der Herr selbst war es, der uns erwählt hat."

„Ganz recht, mein Junge. Aber dass der Herr uns erwählt hat, bedeutet noch nicht, dass wir schon die sind, wozu wir erwählt wurden. Vielleicht steckt noch mehr Heide in jedem von uns, als uns lieb ist."

„Wie? Fürchten wir etwa die Toten in ihren Gräbern, die Geister der Bären und Löwen? Glauben wir an Zauberei, an lebende Leichname, an Flüche und Bannsprüche, an Amulette und Glücksbringer?" Elihu richtet sich auf und wirft den Kopf in den Nacken. „Wir sind Kinder Israels!"

Da fühlt sich Hiob vom Hochmut des Jünglings gereizt, fühlt wie eine kriegerische Kraft ihn dazu drängt, die Schwächen seines Gegenübers aufzudecken. „Das machst du gern, nicht wahr", fragt er bedrohlich ruhig, „dich von jedem und allem abgrenzen? Die dort und wir hier, die Unmenge Ungläubiger und Frevler dort draußen und die wenigen Auserwählten getreulich um Gott geschart. So siehst du dich gern, oder, als reiner Levit, als Enkel des großen Propheten, der sich einem Heer von Unwissenden und Ungeduldigen gegenübersieht? Ach, mein Junge, glaubst du, ich sehe nicht, wovor du dich fürchtest? Meinst du, ich wüsste nicht, weshalb du dich in deinen hohen, stark bewehrten Turm flüchtest, dich hinter dicken Mauern verkriechst?"

Einen kurzen Augenblick hält der Erzürnte inne, hustet und fährt sich fahrig mit der knochigen Hand über die verschorfte Stirn. Doch dann setzt er seine Schelte mit ungeschwächter Schärfe fort. „Du meinst, du bist ohne Furcht, weil du als Enkel Aarons keine Furcht zu haben bräuchtest. Aber du bist noch sehr jung, Ben-Abihu. Du weißt noch nicht, was uns Alten selbstverständlich ist: Alle haben Angst, glaub' mir. Der Unterschied ist bloß der, dass die jungen Leute sogar Angst vor der Angst habt. Ihr traut euch nicht, sie anzusehen. Ihr schaut so angestrengt weg, bis ihr schließlich glaubt, ihr seid ganz ohne Furcht."

Erneut hustet Hiob und es klingt bedrohlich. Das Reden strengt ihn an, aber sein Zorn verleiht ihm Kraft.

„Hast du dich nie gefragt, warum du so wenig mit anderen in Berührung kommen, dich berühren lassen möchtest?"

„Das fragt Ihr mich, mein Herr?" erwidert Elihu aufgebracht. „Wisst Ihr denn nicht, dass jeder, der wie ich zum Volk der Priester gehört, besonders rein zu sein hat? Ich darf mich nicht mit den Gemeinen und Groben abgeben, darf nicht aus dem gleichen Gefäß trinken wie die Unwissenden und Einfältigen, darf keinen Friedhof betreten oder Toten berühren. So ist das Gesetz."

„Aber die Lebenden darfst du doch wohl berühren, oder, und dich von den Lebenden berühren lassen? Ich kenne gewiss nicht alle Schriften der Leviten, aber ich kann mir nicht vorstellen, dass irgendwo geschrieben steht, dass du hartherzig sein solltest, ohne Mitgefühl, ohne Nähe. Und trotzdem müssen dich deine Mitmenschen genau so erleben: unnahbar, überheblich, kalt und streng. Du bist kein böser Mensch, mein Junge. Du fürchtest nur mehr als alles andere das, was zum irdischen Leben nun mal dazugehört: den Schmerz."

„Schmerzen fürchtet jeder", wehrt sich Elihu.

„Schon, Ben-Abihu, schon, aber Menschen wie du mehr als die meisten. Sag mir, sehnst du dich danach, an der Seite deiner Vorfahren im Reich Gottes zu weilen?"

„Nichts mehr als das ist mein Verlangen. Aber was soll daran besonders sein? Begehrt das nicht jeder Gläubige?"

„Die Alten gewiss, aber für einen Jüngling wie du ist es schon ungewöhnlich, dem Irdischen bereits den Rücken kehren zu wollen. Du schwärmst vom Himmel, weil du hoffst und erwartest, dort vor jeder Verletzung in Sicherheit zu sein. Gott als deinen großen Beschützer kannst du dir nur dort in der Reinheit des Überirdischen vorstellen. Dass dir dein Schöpfer dagegen hier auf Erden Tag für Tag in der Gestalt eines jeden Menschen begegnet, kommt dir gar nicht in den Sinn. Und so blickst du weiter auf sie herab, als wären sie bloß stinkende Schafe in der Herde deines Vaters."

„Die Welt ist verderbt", erwidert Elihu, „voller Dämonen und Frevler. Mein Gott lehrt mich, mich davon fern zu halten. Das wahre Leben gibt es nur jenseits dieses Sündenpfuhls."

Hiob ist längst klar, dass er sein Gegenüber nicht erreicht, dass er ihn nicht dazu bewegen kann, den Turm seiner Selbstgerechtigkeit zu verlassen, den Schild seiner Verblendung zu senken. Fast schon resigniert ergreift er noch einmal das Wort. „Damit, mein Junge, verbannst du Gott aus dieser Welt und raubst deinem Dasein den Sinn. Glaub mir, ich weiß, was es heißt, unanfassbar zu sein. Und gerade deshalb will ich mich berühren lassen, solange ich lebe, will mich anrühren, aufrühren, angreifen lassen. Denn der Schmerz ist der Preis des Lebens. Ohne ihn würde bloß Stumpfsinn herrschen."

22

Sorgenvoll blickt Bildad Elihu hinterher, sieht wie der empörte junge Mann sich ans Bachufer setzt, den Rücken ihnen zuwendet, und anfängt Steine ins Wasser zu werfen. Er hat dem Priester Abihu versprochen, sich um seinen menschenscheuen Sohn zu kümmern, auf ihn aufzupassen. Aber der Junge hatte sich dem wortgewaltigen Angriff Hiobs nicht erwehren können. Er war aufgesprungen und hatte lauthals verkündet, sich solche Worte von einem elenden Sünder nicht gefallen lassen zu müssen. Und er hatte noch weitere unschöne Dinge gesagt, etwa dass man Hiob seine Verlogenheit und sein Unrecht ja sofort ansehen würde.

Bildad muss im Stillen einräumen, dass sein alter Freund den jungen Schriftgelehrten richtig eingeschätzt hat. So sehr scheint der Priestersohn tatsächlich jede Kränkung zu fürchten, dass er alle, die ihm zu nahe kommen, mit wüsten Beschimpfungen selbst zu Leibe rückt. Nun fühlt sich der stämmige Schmied hin- und hergerissen. Er möchte den empfindlichen Elihu nicht weiter verärgern, will aber auch Hiob nicht rügen, weil sich dieser das anmaßende Gerede des Jünglings nicht hat gefallen lassen. Und während er noch hinüberschaut zum grollenden Leviten, findet er das passende Wort. „Du wirst ihn nicht ändern, Hiob."

Der Angesprochene blickt auf. „Du meinst, ich hätte mir meinen Tadel sparen können? Auf einen wie mich hört so ein begabter Jüngling eh nicht? Ist es das, was du mir sagen willst?"

„Nein, das nicht. Es ist eher so, dass man einen wie ihn nicht ändern kann."

Hiob zuckt mit den Schultern. „Ich dachte, er sollte etwas lernen – nicht aus Büchern wie sonst immer nur, sondern vom Leben, aus dem leidvollen Los seines Mitmenschen."

„Ja, schon, aber man muss ihn nehmen, wie er ist. Und er fühlt sich nun einmal sehr schnell gekränkt."

„Und das", fragt Hiob immer noch verärgert, „kann er nicht ändern?"

Bildad seufzt. „Vielleicht lässt es nach, wenn er älter wird. Aber ich habe da so meine Zweifel. Menschen ändern sich nicht wirklich."

„Du wirst verstehen", erwidert Hiob kühl, „dass ich das erfahrungsgemäß anders sehe."

„Ich sehe natürlich, mein Freund, dass sich die Umstände deines Lebens in den letzten Monaten grundlegend geändert haben. Du hast deine Kinder verloren, dein Weib, dein Vermögen, deine Unversehrtheit. Aber prüfe dich selbst, nimm dich selbst in Augenschein und frage dich, ob du selbst dich infolge dieser Umwälzungen auch nur im Geringsten verändert hast. Dein Hoffen und Bangen – ist es nicht das Gleiche wie zuvor? Bist du nicht weiterhin der, als der Gott dich geschaffen hat? Und wenn du in dich hineinhorchst, Hiob, wenn du ehrlich mit dir selbst bist, musst du dann nicht erkennen, anerkennen, dass alles, was dir geschehen ist, zu dir gehört, wie die Frucht zum Baum, an dem sie gewachsen?"

Aber Hiob antwortet Bildad nicht. Denn er hört in diesem Moment in der Frage des Freundes klar und vernehmlich *dessen* Hoffen und Bangen, hört, was als tiefstes Bedürfnis des Mannes in dessen Worten mitschwingt. Da versteht er, dass Bildad ein Los wie das seines alten Freundes, eine grausame Abfolge unvorhersehbarer Schläge, zutiefst beunruhigt. Hiob versteht, dass sich einer wie Bildad gegen das Unberechenbare des Schicksals schützen muss. Und so ist ihm klar, was der Freund von ihm hören will. „Dir, Bildad, kann das nicht widerfahren, was mir widerfahren ist, weil du ein anderer bist..."

„Genau!", stimmt Bildad vorschnell zu.

„... zumindest", schränkt Hiob ein, „wenn alles so gefügt ist, wie du es dir vorstellst, wenn jeder von uns tatsächlich seine Bestimmung schon bei der Geburt in sich trägt. Aber es könnte auch anders sein, nicht wahr?"

„Nein!" Bildad verschränkt die Arme vor der Brust, um seiner Ablehnung Nachdruck zu verleihen.

Hiob zeigt sich von dieser Geste nicht beeindruckt. Er schaut den alten Freund an und scheint fast belustigt. „Die Dinge könnten sich natürlich umgekehrt verhalten. Demnach wäre ich nur deshalb ein anderer, weil mir anderes widerfahren ist. Und mein Missgeschick bestünde bloß aus Unfällen, die zufällig mich trafen und jeden anderen hätten treffen können."

„Unvorstellbar! Gott würde eine solche Ungerechtigkeit nie dulden."

„Aber das, was du dir vorstellst, Bildad, das ist gerecht? Jeder von uns geht wie ein Gestirn am nächtlichen Himmel seinen festgelegten Weg durchs Leben? Stellst du dir so unseren Herrn vor, als einer, der jede Änderung, jede noch so kleine Abweichung von der vorgeschriebenen Bahn unterbindet? Oder ist es nicht vielmehr so, dass du deinen Herrn gerne so hättest, weil du das Unvorhersehbare fürchtest? Stimmt es nicht, Bildad, dass du Gott selbst auf einen absehbaren Kurs festlegen möchtest, Ihn gerne als Sonne sähest, die Tag für Tag ihren vertrauten Bogen am Himmel beschreibt?"

„Was stört dich daran, Hiob? Seit den Tagen der Urväter vor der Flut sehen die Menschen Gott als Bürge des Bleibenden, als Quelle alles dessen, was Bestand hat. Männer kommen und gehen, Reiche erblühen und zerfallen, ganze Berge entstehen aus dem Feuer und versinken schließlich wieder im Meer. Aber Er ist, der Er ist, und seine Weisheit ist ewig. Hat Er nicht ein Bündnis mit unseren Stammvätern geschlossen? Hat Er nicht von Anfang an einen genauen Plan gehabt, nach dem er das Volk aus Knechtschaft und Elend heimführte?"

Eine Antwort so ähnlich wie diese hat Hiob erwartet. Wer sich wie Bildad so sehr in sein Ziel festbeißt, denkt er, dessen Wege sind leicht vorauszusehen. „Wenn du derart überzeugt bist vom großen Plan Gottes", erwidert er daher, „warum sträubst du dich dann dagegen, passieren zu lassen, was passieren will?"

„Ich sträube mich nicht!"

„Nein, du lässt es gar nicht so weit kommen. Du nimmst alles selbst in die Hand, so dass du gar nicht in eine Lage gerätst, in der dich etwas überraschen könnte. Aber Tatsache ist, du kannst nicht sterben lassen, was stirbt, nicht fließen lassen, was fließt, nicht fallen lassen, was fällt. Immer musst du festhalten, aufhalten, zurückhalten, was doch nur seinen

Lauf nimmt."

Bildad schiebt unwillkürlich das Kinn vor, die Kiefer fest aufeinander gepresst.

Hiob sieht ein, dass er den nicht ändern wird, der an Änderung nicht glaubt. Aber jetzt kann er nicht mehr zurück. Er zeigt mit dem Finger auf den Freund und erhebt seine Stimme: „Du möchtest unter keinen Umständen deine Ansicht ändern. Wenn dich einmal eine Erfahrung etwas anderes lehrt, dir zu widersprechen scheint, zwingst du sie unter das Joch deiner festgefügten Vorstellung. Ist es nicht so? Brachte nicht mein elendes Los deine Sicherheit ins Wanken? Musstest du dich nicht davon lossagen, dir selbst versichern, dass dich das gar nichts angeht?"

„Ich bin deinetwegen, Hiob", knurrt Bildad, „Tage lang unterwegs gewesen. Ich bin hierher in diese verlassene Gegend geritten, habe dich gesucht, wollte dich trösten, habe dir meine Hilfe angeboten. Und was tust du? Du wirfst mir vor, ich würde mich gar nicht für dich interessieren. Verdammt, du machst es einem wahrlich schwer!"

Doch Hiob schüchtert die bullige Art des Schmiedes längst nicht mehr ein. Unerschrocken, fast heiter widerspricht er dem alten Freund. „Umgekehrt, Bildad, ich sehe es genau umgekehrt, denn ich mache es leicht, ich entwirre all das, was bisher verworren war. Sieh mich an! Ich stehe vor dem Tod, das lässt sich nicht leugnen, und der Tod ist ein großer Vereinfacher."

Diese Worte lassen Bildad etwas weicher werden. „Nur deshalb", meint er versöhnlich, „bin ich noch hier, Hiob, weil du todkrank bist. Nur deshalb kann ich dir deine herabsetzenden Worte durchgehen lassen."

„Ich weiß, Bildad, du genießt hohes Ansehen unter den Leuten. Aber ich gehöre nicht mehr zu ihnen. Ich habe mein

Ansehen in der Welt verloren und bin jetzt frei. Hast du selbst mir nicht vorhin die Vorzüge meiner Freiheit geschildert?"

„Ich meinte ..."

„Ich weiß schon, was du meintest, wie du es meintest. Ich muss mich um niemand mehr kümmern. Aber ich muss auch niemandem mehr etwas vormachen, niemandem nach dem Mund reden, dir nicht und mir selbst nicht. Deshalb sage ich, was ich sehe, und sehe ohne Furcht. Du bist nicht gekommen mich zu trösten, Bildad. Mag sein, dass du das selbst geglaubt hast, aber dadurch wird es noch lange nicht zur Wahrheit. Du bist hierhergekommen, um dich selbst zu beruhigen, um die Furcht zu besänftigen, dass etwas, irgendetwas geschehen könnte, das sich deiner Beherrschung ganz und gar entzöge. Und wenn du dich hier draußen überzeugt hast, dass Gottes Gerechtigkeit bei mir nicht außer Kraft gesetzt wurde, dass dein bedauernswerter Freund letzten Endes genau das bekommen hat, was er bekommen musste, wirst du zufrieden nach Hause reiten, in eine Welt, die dich mit ihrer festen, verlässlichen, uralten Ordnung umfängt."

Bildad lässt sich aber nicht mehr aus seiner wieder gewonnenen Ruhe bringen. „Wir sind alle aufgefordert", belehrt er den Kranken, „an die überlieferten Worte Gottes, an Gesetz und Ritus festzuhalten. Und indem wir uns daran halten, glaub' mir, werden wir selbst gehalten."

Ja, das ist deine Taktik, Bildad, denkt Hiob, dein Versuch die unerträglichen Unwägbarkeiten des Daseins in den Griff zu bekommen. Du hältst fest, du klammerst dich an alles, was du hast, an dein Gut, deinen Glauben, dein gutes Gewissen – und lässt nicht locker. Aber hätte ich meine Söhne festhalten können, mein Weib, meine Herden? Die Worte des Herrn trage ich noch immer im Herzen, aber sie haben mich nicht gehalten. Im Gegenteil, Gott ließ es zu, dass ich tiefer fiel als die schlimmsten Schurken. Nein, denkt er, das ist nicht mein Weg. Und er nickt dem Freund zu. „Verstehe", sagt er.

23

Eher zornig als entspannt hat sich Elihu zurückgelehnt. Jetzt liegt er mit angewinkelten Beinen am Bach und spürt die Wärme der weichen Erde im Rücken. Er schaut hinauf in den Himmel, an dem kleine Wolkenschleier träge vorbeiziehen. Wie einfach doch alles wird, denkt er, wenn man den Blick nach oben lenkt. Dort ist Reinheit und Stille, dort werde ich verstanden. Ach Gott, betet er im Stillen, sei mir gnädig! Beschütze mich vor der Grobheit und Verblendung, die in deiner Welt herrschen. Lehre die Schafe und Esel, erleuchte die Tölpel, lass sie erkennen, wie treu und ergeben dein Diener den Weg der Wahrhaftigen geht.

Dann, aus heiterem Himmel, überkommt ihn erneut die Lust zu bestrafen, ein brennender Durst nach Rache. Oh, wie gerne würde er es diesem selbstgefälligen Sünder, diesem Gezeichneten heimzahlen. Wie konnte der es wagen, dieser zerlumpte Eitersack, seine Reinheit in Frage zu stellen, ihn zu tadeln wie ein Kind? Weit, ganz weit weg von Gott steht er. Kein Licht beleuchtet seinen Geist. Steinigen müsste man ihn, diesen Frevler. Und Elihu spürt, wie gut es ihm tut, solchen Gedanken nachzuhängen, hier unter dem Himmel des Herrn.

Doch schon wieder wird er gestört, auf übelste, giftigste Weise in seiner Himmelsbetrachtung unterbrochen. Verärgert richtet er sich auf und schnuppert. Dann schaut er sich suchend um und gewahrt schließlich das Niedrigste, Schmutzigste, was diese Erde gegen ihn ins Feld zu führen hat. Er rappelt sich auf und geht rasch zu den Männern am Felsen zurück. Sie sind offenbar tief in ihre Unterredung versunken und hören ihn nicht kommen. „Verzeiht meine Störung", spricht er in die Rücken seiner älteren Begleiter, „ich will euch nur warnen." Und dann, als er in ihre fragenden Gesichter blickt, fügt der schlaksige Schriftschüler erklärend hinzu: „Es kommen Schweinehirten hierher." Dabei nickt er mit seinem Kopf zur Seite, als wäre damit alles gesagt.

Bildad schaut in die angedeutete Richtung. „Wie viele?"

„Zwei."

„Zwei Ungläubige?", wundert sich Bildad. „Davor brauchst du uns wohl kaum zu warnen, oder?"

„Gefährlich schauen die nicht aus", räumt Elihu ein, „aber sie stinken. Man riecht ihre Viecher, noch bevor man sie sieht."

Auch Zofar schaut jetzt hinüber und schirmt dabei seine Augen mit der Hand ab. „Und die kommen hierher? Was die wohl von uns wollen?"

„Die sind hier zu Hause", klärt Hiob seine Besucher auf. Er spricht leise, fast als würde er bloß laut nachdenken, aber es haben ihn alle gehört.

Überrascht schaut Bildad auf die gebeugte Lumpengestalt ihm gegenüber. „Wie? Du kennst die?"

Hiob zuckt kurz die Schulter. „Was heißt schon kennen? Ihre Namen weiß ich nicht und wir haben nie miteinander geredet. Aber ja, ich habe ich sie kennengelernt ..."

„Du meinst, du hast sie riechen gelernt", spottet Zofar, schweigt aber sofort wieder, als er merkt, dass niemand lacht.

„... ich habe sie kennengelernt, wie man Menschen nur kennenlernen kann, wenn es einem schlecht geht. Sie haben mich in Ruhe gelassen, haben mich hier in ihrem Weideland geduldet. Das war schon viel, nachdem man mich zuvor überall fortgejagt hatte. Aber sie haben sich auch noch um mich gekümmert, mir hin und wieder Essen gebracht, ein Stück Brot oder ein paar Erdmandeln für mich abgelegt drüben am Bach."

Da schweigen die Freunde und vermeiden es, den Verlustgequälten anzuschauen. Und als die Hirten näher kommen, stehen sie wortlos auf und gehen den Fremden ein paar Schritte entgegen.

Bapur verneigt sich. „Friede mit Euch, Ihr gütig Herren!", bringt er etwas stockend die ungewohnten Laute hervor. Er war schon erwachsen, als er aus dem Zweistromland in den Westen wanderte. Die Sprache der Hebräer ist ihm fremd geblieben.

„Und Friede sei mit euch!", erwidert Bildad den Gruß
„Was führt dich her, Hirte?"

Erneut verneigt sich der Schweinehüter. „Verzeiht, gütig Herren, dass wir stören! Mein Name Bapur, das mein Sohn Saruk. Wir sehen, dass Männer beim alten Mann. Bald dunkel. Wir haben Schlafplatz für Männer. Wir machen Essen, guter Wein."

„Danke, …ähm … Bapur", entgegnet Bildad, „das ist sehr freundlich von euch. Aber wir werden noch heute Abend aufbrechen und nach Hause zurückkehren."

Die Freunde verblüfft die einsame Entscheidung ihres Anführers. Zofar ist überhaupt nicht einverstanden und macht daraus auch keinen Hehl. „Was", herrscht er Bildad an, „du willst durch die Nacht reiten? Bist du wahnsinnig? Das ist doch viel zu gefährlich!"

„Beruhigt euch, Leute", verlangt der Bedrängte, „wir sind weitab von den wichtigen Handelsstraßen. Hier gibt es keine Räuber."

„Und was ist mit wilden Tieren?", erkundigt sich Elifas.

„Mit den paar Schakalen werden wir schon fertig, wenn es sein muss", versichert Bildad und sein bestimmender Ton macht allen klar, dass jeder weitere Widerspruch zwecklos wäre.

Bapur verbeugt sich ein drittes Mal und kehrt zurück zu seinen Schweinen, die mittlerweile in den Bach hinein gewatet sind und ihren Durst löschen. Der junge Saruk folgt ihm schweigend, blickt sich aber hin und wieder noch mal um.

Als die Hirten außer Hörweite sind, kann Elihu nicht länger an sich halten. „Was fällt diesen Gottlosen ein! Meinen die, wir würden mit denen aus demselben Topf essen, uns an ihrem unreinen Fraß gütlich tun? Man weiß gar nicht, worüber man sich mehr ärgern soll, über ihre Frechheit oder ihre Dummheit."

Aber Zofar möchte nicht ohne weiteres auf die kostenlose Mahlzeit verzichten. „Von ihrem Fleische will ich gewiss nichts kosten, auch nicht die Schüssel mit ihnen teilen. Aber wir könnten doch etwas Brot und ein paar Feldfrüchte von ihnen annehmen."

Elihu ärgert solch ein Leichtsinn, und er steigert sich in seine Entrüstung hinein. „Wir sollten uns mit denen nicht gemein machen, mein Herr. Gott hat uns immer wieder eindringlich davor gewarnt. Erst isst man ihnen aus der Hand, dann singt man ihre Lieder und bald beugt man das Knie vor ihren Götzen."

„Ich bin gewiss nicht so belesen wie du, Elihu, aber mein Herz sagt mir, die Hirten wollten nur freundlich sein", erwidert Elifas. „Ich kann hinter ihrer Einladung keine Niedertracht erkennen. Anstatt sie zu beleidigen, sollten wir ihnen danken. Immerhin haben sie unseren armen Freund gut behandelt."

Wie als würden sich die Männer auf einmal erinnern, weshalb sie diesen Ort eigentlich aufgesucht haben, blicken sie nun alle zu Hiob hinüber, der immer noch am Boden kauert. Dessen Augen aber ruhen auf Elihu und man sieht dem Einsiedler an, dass ihn die hochmütigen Worte des Priestersohnes schmerzen.

„Es stimmt", beginnt Hiob nachdenklich, „diese Hirten kennen weder unseren Herrn noch Seine Propheten. Ihre Sitten erscheinen uns derb, ihre Riten grob und grausam, ihre Kost ekelerregend. Aber ihr Herz kennt Würde und Mitgefühl. Und der Vater liebt seinen Sohn, so wie wir unsere Söhne lieben. Ob ihr in die Hütte dieses Hirten eintreten solltet, kann ich nicht für euch entscheiden. Ich selbst indes hatte nie eine Wahl. Erleichtert nahm ich das, was diese Fremden mir überließen." Er nickt nachdenklich. „Ja, ich schulde ihnen meinen Dank."

Das mag Zofar gar nicht hören. Er geht vor Hiob in die Hocke und zeigt mit dem linken Daumen über seine Schulter nach hinten. „Diesen Heiden, Hiob, schuldest du gar nichts. Die können froh sein, dass wir ihnen erlauben ihre Schweine durch unsere Wälder zu führen. Hiob! Mensch! Du bist ein Enkel Israels!"

„Falsch, Zofar", erwidert Hiob heftig und verzerrt sogleich das Gesicht, will die Kruste um seinen Mund aufreißt. Leiser, vorsichtiger fügt er hinzu: „Ich *war* ein Enkel Israels. Schau mich an, öffne deine Augen! Ich bin ein Aussätziger. Meine Leute, meine Glaubensbrüder rühren mich nicht an. Aber auch die Ungläubigen meiden meine Nähe. Ich bin unreiner als die Unreinen, minder als die Minderwertigen, schwächer als die Schwachen. Keiner muss mir helfen, Zofar, keiner schuldet mir etwas. Und deshalb danke ich jedem für jede noch so ärmliche Gabe. Und wenn ihr mir wirklich helfen wollt, so bitte ich euch um einen einzigen Gefallen."

„Sprich, Hiob", fordert Elifas ihn eilfertig auf, „was möchtest du? Wir helfen gerne!"

Doch Hiob wendet den Blick nicht von Zofar, als er dieser Aufforderung folgt. „Gebt ein wenig von dem, was ihr habt …

„Natürlich", wirft Elifas ein.

„… gebt es diesen Hirten. Vergeltet ihr Gutes mit Gutem."

Da richtet sich Zofar auf und wendet sich ab.

24

Eine ganze Weile steht der Sohn Schamas abgekehrt von seinen Freunden und schaut in die Ferne, aus der sie am Morgen gekommen. Seine rechte Hand umfasst den Lederbeutel an seinem Gürtel, umklammert die gesamten hartnäckig eingesammelten Silbermünzen. Fast scheint es, als hätte er Hiobs Bitte gar nicht gehört. Aber in Wirklichkeit überlegt er fieberhaft, wie er den Kranken von seinem Ansinnen abbringen könnte. Der wird offenbar doch, denkt sich Zofar, stärker vom schlechten Gewissen geplagt, als er selbst bemerkt, so wie der immer alles weggeben muss. Teure Bronzeschalen? Bitte schön, Leute, bedient euch! Eine großzügige Spende für arme Ungläubige? Komm schon, Zofar, öffne deinen Beutel!

„Natürlich, Hiob", beginnt er verständnisvoll, „die Hirten sollen ihre Hilfe vergütet bekommen."

Bildad und Elifas blicken überrascht auf. Auch Elihu zieht die Augenbrauen hoch.

„Wir wollen", fährt Zofar fort, „sie redlich für ihren Aufwand entschädigen, wenn, … wenn es das ist, was sie möchten, diese Leute. Doch daran, das muss ich ehrlich sagen, daran habe ich keine geringen Zweifel. Denn weshalb geben sie dir ihre Almosen, warum legen sie von ihren Speisen für dich am Bach ab wie auf einem Opfertisch?"

„Weil unser leidgeprüfter Freund sie dauert", zeigt sich Elifas gewiss.

„Möglich", lenkt Zofar ein. „Möglich ist aber auch, dass sie *davon* bewegt werden, wovon auch Hiob immer wieder gedrängt wurde. Denn das hast du uns, Hiob, doch vorhin erzählt – nicht wahr? – dass dich zum Opferstein ein ums andere Mal die *Angst* trieb?"

Elifas blickt sorgenvoll zum Angesprochenen, aber der hält das verkrustete Haupt weiterhin gesenkt und reagiert mit keinem Laut auf die Frage Zofars. „Du meinst", erwidert er an Freundes statt, „diese Hirten dort drüben hätten aus Angst einen fremden Einsiedler mit Nahrung versorgt? Was für eine Angst soll das gewesen sein?"

„Vergiss nicht, Elifas, diese Leute sind gottlose Geisterbeschwörer. Denen ist alles zuzutrauen. Mich würde es nicht wundern", meint Zofar und breitet dabei seine Arme aus, „gar nicht wundern würde es mich, sähen sie Hiob hier als einen fremden Höhlengeist, als Dämon an, der sie alle im Zorne verfluchen und ihnen allein kraft seiner Gedanken dieselbe Seuche in die Hütten schicken könnte, mit der er selbst unheimlicherweise zu leben vermag."

„Aber das ist doch verrückt", empört sich Elifas, „jeder hier kann doch sehen, dass es Hiob schlecht geht."

„Sehen? Ach was, Elifas, die meisten solcher Heiden sehen nur das, was ihre Zauberer und Wahrsager ihnen einflüstern. Nein, je mehr ich darüber nachdenke, umso deutlicher wird das Bild. Diese ungläubigen Schweinezüchter haben sich mit ihren Opfergaben das Wohlwollen und den Schutz eines Felsendämons erkaufen wollen. Und Hiob nahm. Ihr gnädiger Seuchenmagier nahm sie an, die Gabe. Und wir alle wissen, was das heißt. Der Höhlengeist hatte die Güte, ihr Flehen zu erhören, denn er hat angenommen, was sie ihm antrugen, und wird sich deshalb auch *ihrer* annehmen."

Bildad hört mit zunehmender Verwunderung die Ausführungen Zofars. Es erstaunt ihn, wie umtriebig der Weggefährte auf einmal geworden ist, wie sehr er sich ins Zeug legt, als würde ihn die Herausgabe weniger Schekel persönlich bedrohen, ihm geradezu Schmerzen bereiten. Er spürt, dass er den Freund nicht in die Enge treiben darf, durchgehen lassen will er ihm seinen Geiz aber auch nicht. „Mag sein, dass du Recht hast, Zofar", entscheidet er. „Macht aber nichts! Wir gehen einfach hin zu diesen Hirten und sagen ihnen, sie hätten sich geirrt, unser Freund sei ein Mensch wie jeder andere. Und dann übergeben wir ihnen als Zeichen unserer Dankbarkeit ein paar Silberlinge."

„Ja, das wäre natürlich das Beste…", lenkt Zofar ein.

„… aber?", hakt Bildad erwartungsgemäß nach.

„… aber man darf nicht vergessen, was das für diese Leute bedeuten würde. Bedenke einmal, wie das für sie aussehen müsste! Ihr Felsenheiliger bringt ihnen ihre Gaben zurück, nimmt ihr Opfer nicht an, wirft es ihnen vor die Füße."

Elifas nickt. „Du meinst also, sie wären gekränkt?"

„Viel mehr als das, Elifas! Wir nähmen ihnen den Hüter ihres Heils, den göttlichen Bürgen ihrer Geborgenheit, den Garant ihres Glückes. Stellt euch die Entrüstung vor, die wir damit entfachen würden! Dieses raue Hirtenvolk könnte gar zu dem Schluss kommen, dass wir allesamt Betrüger und zu töten wären. Nein, so leid es mir tut, wir können diese Leute unmöglich für ihre Speiseopfer entschädigen." Dann senkt er bedauernd das Haupt und wendet sich wieder ab.

Hiob hat derweil kein einziges Mal aufgeschaut, keines Blickes gewürdigt den eifrigen Redner, ihm aber genau zugehört. Geschickt, denkt er, während die anderen in ein ratloses Schweigen versinken. Ausgerechnet ich, der ich wieder und wieder sorgenvoll geopfert habe, soll nun selbst fremde Gaben annehmen? Ausgerechnet ich soll die Furcht der Flehenden mit meiner Gnade von ihnen nehmen? Zofar nutzt meine Angst, um seine zu verhehlen. Die meine ließ mich lange würdelos hergeben, die seine aber nötigt ihn zu horten. Geschickt erklärt er das Geben zur Not und das Nehmen zur Pflicht. So muss danken der, der gibt, dem, der nimmt. Für ihn selbst gilt das allerdings nicht, denkt Hiob bitter, denn geben, gar großzügig sein, kann er nicht. Zu gewaltig die Sorge, am Ende könnte es für ihn nicht mehr reichen. Nur so lange er selbst nichts hergeben muss, rät mir Zofar zu nehmen und sei es die unreine Kost der Gottlosen.

25

„Was wird mich heilen, Elifas?"
„Mein Gott, das fragst du mich?"
„Dich allein."
„Wieso? Was weiß schon ich, ein Ungebildeter? Man hat mich nie unterwiesen. Die Schriften vermag ich nicht zu lesen."
„Umso besser!"
Die Zeit des Aufbruchs ist gekommen. Bildad, Zofar und Elihu haben sich bereits vom Notgequälten verabschiedet, ihn mit kargen Worten wieder in seine Abgeschiedenheit entlassen. Drüben am Bach breiten sie ihre Decken auf den Rücken der Esel, binden die Tiere los. Elifas war gerade noch am Lagerplatz und räumte die Reste ihrer Mahlzeit weg, da überraschte ihn Hiob mit seiner Frage.

„Ich bin zu schwach", verteidigt er sich, „zu zögerlich. Glaub mir, ich traue mich oft nicht einmal, einem Sklaven etwas aufzutragen."

„Ich brauche keinen Gebieter."

„Aber ich bin doch viel zu vertrauensselig, lebe bloß in den Tag hinein, kümmere mich zu wenig um mein Hab und Gut."

„Wie ein Mann Gottes!"

„Ach, Hiob. Ich weiß, du verhöhnst mich nicht, aber du überschätzt mich."

„Wenn du mir nicht helfen kannst, Elifas, bin ich verloren, denn – ich sage es noch einmal – Gott hat sich von mir abgewendet."

„Das glaube ich nicht, mein Freund. Mag sein, dass er *dich* gewendet hat, hingewendet zu einer Wahrheit, die du noch nicht verstehst, die wir alle noch nicht verstehen. Bitte Gott um Erleuchtung! Unterwerfe dich seinem Willen. Das würde ich tun."

„Ich weiß, was *du* tun würdest, Elifas, so wie ich auch weiß, was Bildad tun würde oder Zofar oder dieser Elihu. Alle raten mir das, was *sie* tun würden. Alle raten mir etwas anderes. Der eine empfiehlt mir festzuhalten am kümmerlichen Leben, das mir geblieben ist. Der andere rät mir zu nehmen, was ich bekommen kann. Der Dritte legt mir nahe, dieses irdische Dasein gering zu achten. Und du sagst mir, ich müsse mich unterwerfen. Der eine meint, ich solle meine Freiheit genießen. Der andere untersagt mir, dankbar zu sein. Der Dritte schwört auf Gesetzestreue. Und du? ... Was hast du gesagt, *eine Wahrheit, die wir noch nicht verstehen*?"

Und da, in diesem Augenblick, als der Freund mit gefülltem Beutel vor ihm verharrt und die beladenen Esel in die Dämmerung treten, da wird Hiob klar, dass auch er selbst seit seinem Unglück nur das getan, was er schon immer getan hat. Auch ihm war es nicht gelungen, nicht einmal in den Sinn gekommen, anders zu handeln, anders zu denken. Er hatte gelitten, getrauert, war verzweifelt gewesen und hatte immer wieder nach dem Warum gefragt, sein Schicksal aus dem Gefühl heraus befragt, etwas schuldig geblieben zu sein. Damit, das sieht er jetzt deutlich, war es ihm nicht anders ergangen als seinen Freunden heute. Wie sie, hatte er angenommen, dass dem schlimmen Los eine schlimme Schuld zu Grunde lag, liegen musste. So lange auf seinem Haus Gottes Segen geruht hatte, so lange Wohlstand und Glück seine Kinder und Herden begleitet hatten, war er überzeugt gewesen, ihm stünde das Gute nicht zu, das ihm gewährt wurde.

Aber dann, als das Unheil über ihn kam, war er rasch geneigt gewesen, dieses Elend als etwas anzusehen, das er verdient hatte, es anzunehmen als Strafe für ein Vergehen, das er zwar nicht kannte, dessen er sich aber schuldig gemacht haben musste. Wie aus alter Gewohnheit hatte er geglaubt, dass eine Schuld auf ihm laste. Und ihm war es wie eine Aufgabe erschienen, wie seine wahre Aufgabe, diese Bürde klaglos und aufrecht zu tragen, gleich einem Soldaten, der sich in der Entbehrung des Feldes bewähren will. Überrascht muss er einsehen, dass er seine Marter damals fast erleichtert auf sich genommen hatte, tief in seinem Wesen dankbar, endlich auf die Probe gestellt zu werden, endlich seine Heldenhaftigkeit zeigen zu können.

Und ein schrecklicher Gedanke, eine furchterregende Frage dringt wie das Gift einer Viper in seinen Leib: Was, wenn er selbst das qualvolle Los zu sich eingeladen, sein leidvolles Schicksal *gewollt* hat? Noch während die Frage ihre lähmende Wirkung in ihm entfaltet, schärft sie seine Sinne und er sieht schmerzhaft klar: Allein bin ich. In all den Monaten als Verfemter und Verjagter fühlte er sich nie so allein wie hier beim Abschied der Freunde. Aber es ist nicht die Einsamkeit des Einsiedlers, verlassen von Freund und Fremdling, die dieses Gefühl in ihm auslöst. Es ist die Gewissheit, dass weder Gott noch irgendein anderer Mensch seinen Weg gehen könnten. Es ist die unerbittliche Erkenntnis, dass keiner ihn jemals von seiner Aufgabe erlösen, keiner ihm Schmerz und Verlust ersparen könnte.

Elifas blickt mit Sorge auf den zweifelgeplagten Mann, den er lange als seinen Freund ansah, der ihm nun aber fremd und – wie er sich eingestehen muss – auch ein wenig unheimlich geworden ist. Er sieht, dass etwas in ihm vorgeht, sieht, dass sich seine Gedanken weit vom Ort ihrer Begegnung entfernt haben, und spürt im selben Moment schmerzhaft die Verlassenheit dieses Mannes. Da regt sich plötzlich stark im Herzen des Bekümmerten das Bedürfnis den Freund von damals zurückzuholen, die alte Verbindung zu erneuern. Und er macht unbedacht und uneingeschränkt einen Schritt auf ihn zu und fasst ihn am Arm. „Ich kann dir nicht helfen, Hiob", flüstert er fast beschwörend. Die unverhoffte Nähe erschreckt sie beide. Kurze Zeit verharren sie schweigend in der Magie dieses Augenblicks.

Dann erst hebt Hiob langsam das Haupt, bis schließlich seine Augen die des Freundes finden. Sanft lässt er seinen Blick auf ihm ruhen. Und als hätte er im Antlitz des anderen die Erlaubnis dazu gefunden, legt er seine Rechte auf die Hand, die ihn am Arm noch immer umfasst hält. „Du kannst mehr, als du glaubst, Elifas. Fürchte dich nicht!"

„Ich fürchte mich nicht, Hiob. Mag Gott mich mit Krankheit und Elend schlagen, Feigheit und Untreue wird er mir kaum vorwerfen können." Und um seinen Worten Nachdruck zu verleihen, fasst er den Freund noch etwas fester.

Doch zu seiner Überraschung schüttelt Hiob den Kopf.

„Nicht diese Furcht meinte ich, Elifas, nicht die Furcht vor Aussatz und Ächtung, vor dem Hauch des Todes..."

Da versteht Elifas, dass der Freund ihn sieht, wie keiner zuvor ihn gesehen.

26

Unruhig ist die Nacht gewesen, eine fiebrige Folge wirrer Bilder, aus der er früh erwacht. Die Sonne ist noch nicht aufgegangen und während sich der Himmel im Morgen rasch rötet, funkelt das Sternenheer im Westen weiter in erhabener Stille. Er rührt sich nicht, liegt lauschend auf dem Stroh seines Lagers. Er hat geträumt, sah sich selbst zum Opferaltar geführt, hörte die Stimmen der Priester, ferne Gesänge, Gelächter, Getuschel. Er weiß noch, wie es ihn erstaunte, dass die Menge abgewandt stand, als würde er den Ritus von hinten betrachten. Und doch war er mittendrin. Dann ging auf einmal ein Sturzregen nieder, der die Feuer schnell löschte und die Menschen zerstreute. Nächstens war der Innenhof des Tempels ein See, aus dem der Opferstein wie eine Felseninsel ragte. Die Priester und die Menge waren verschwunden und es war Nacht und der Mond spiegelte sich im glatten Wasser des Weihers. Da segelte herab aus dem Dunkel eine einzelne Taube, verharrte kurz im Flug über dem Altar und ließ sich schließlich lautlos darauf nieder. Sie saß ganz still, drehte nur ein wenig ihren kleinen Kopf und blickte in die Ferne. Dann erschien wie aus dem Nichts eine zweite Taube, kam über die erste und paarte sich mit dieser. Aufgeregt flatterten ihre Schwingen im blassen Schein des Mondes. Andere Bilder folgten. Eine riesige Schafsherde graste in einer grünen Ebene, die so weit reichte, wie man schauen konnte.

Als er aber näher hinsah, bemerkte er, dass es keine Schafe, sondern Schweine waren, große, dunkle Schweine, die in der Erde wühlten.

Trotz der verwirrenden Traumbilder fühlt er sich erquickt wie schon lange nicht mehr. Er stellt überrascht fest, dass er keine Schmerzen verspürt und verharrt eine ganze Weile, um seine Qualen möglichst lange schlummern zu lassen. Vielleicht kündigt sich so das Ende an, denkt er, mit einer plötzlichen Milde vor dem Tod, einer Taubheit des Leibes, so als würde der Körper langsam entschlafen, während der Geist gerade erwacht. Und er fühlt sich tatsächlich leicht, unbeschwert.

Dann, auf einmal erkennt er, welche Bürde von ihm genommen wurde, eine Bürde, die ihm zum zweiten Leib geworden war. Denn hier in der Zartheit des frühen Morgens, in dem kurzen Übergang von der Nacht in den Tag erlebt er die Welt ohne Angst. Und es scheint ihm, dass eine Nacht voller Schrecken hinter ihm liegt und auch der neue Tag Furchtsamkeit fordern wird. Aber hier, in diesem Augenblick reinen Seins schaut er hinauf zu den rasch verblassenden Sternen in vollkommenem Frieden.

Schließlich, als eine Fliege seine Augen umschwirrt, hebt er seine Hand, um das Insekt zu verscheuchen. Dabei berührt er seine Stirn und auf einmal fängt er an zu zittern, ein Zittern, das sich von der Hand aus über den Arm bis zu seiner Brust fortpflanzt, das sein Herz erfasst und es schneller schlagen lässt. Er hält den Atem an, versucht seine Unrast einzufangen. Vergebens. Endlich gelingt es ihm, die Hand auf seiner Stirn ruhen zu lassen. Da erst, als würde die Gewissheit von der Hand in seinen Kopf hineinsickern, dämmert ihm, was ihn so plötzlich erregt. Ungläubig nähert sich der ersten nun auch die zweite Hand, bewegt sich tastend über sein

Auge, seine Wange hinab hin zum Hals. Stoßweise atmet er, richtet sich auf, fährt sich unters Gewand, schiebt es sich von den Schultern, befühlt seine Glieder wieder und wieder, als sei ihm unfassbar, was doch seine Hände ihn anfassend erzählen.

Er steht auf, tritt in das Licht des rötlichen Himmels und blickt an sich herab, sieht das Berührte bestätigt: Glatt ist seine Haut, weich und braun wie in jungen Jahren. Steif und etwas unbeholfen wickelt er sich die Lumpen von den Beinen, legt seinen Umhang ab, bis nur noch ein Lendentuch seine Scham bedeckt. So steht er da, erleichtert, erfreut, erstaunt. Und er dreht sich langsam rund, als wollte er sich der aufgehenden Sonne von allen Seiten zeigen.

Doch dann lässt ihn etwas innehalten, etwas, das sein Blick gestreift hat, eine Veränderung. Und sie gewahrend kommt ihm die Ahnung, dass sich diese Veränderung nicht zufällig, sondern unweigerlich zu der seinen gesellt. Er dreht sich ein wenig zurück und sieht unweit seiner Höhle eine dunkle Wölbung am Boden wie ein alter, gerundeter Felsbrocken.

Aber es ist kein Stein und noch während er steht und schaut, erkennt er, was dort liegt. Es ist der Eber aus der Herde der Heiden, das Tier, das sich genähert hat, ihm genähert hat noch am gestrigen Tag. Vorsichtig tritt er heran an die erstarrte Kreatur. Sie liegt auf ihrer mächtigen Flanke, hat den Kopf vorgestreckt, die Hufen in den Boden gestemmt. Die Augen des Tieres sind geschlossen, die Zunge hängt ihm aus dem Maul. Aber es sind nicht diese Anzeichen, die Hiob erkennen lassen, dass es verendet ist. Denn als er ihm nahekommt, sieht er es. Er sieht und kann doch nicht glauben, was er sieht, geht in die Hocke und hätte um ein Haar die Hand ausgestreckt, den Kadaver zu berühren. Durch die

Borsten hindurch sieht er den Eber über und über mit blutigem Schorf und Eiter bedeckt. Und er schließt die Augen.

27

Wie die gewaltige Pranke eines Feuerdämons ausgreifend aus den Tiefen der Erde drängt die glutheiße Luft ihn zurück, legt sich schwer auf seine Brust, lässt ihn nach Atem ringen. Begierig frisst sich das Feuer durch das dürre Holz, das er ringsum gesammelt und in der Mulde neben dem Aas aufgeschichtet hat. Mit einiger Mühe war es ihm gelungen, den Kadaver auf den Holzstoß zu drehen, ihn zur Feuerbestattung zu betten. Nun sieht er, wie das Feuer rasch die dreckigen Lumpen und das verdorbene Fell des massigen Tieres erfasst, sieht wie es das Fett in dünnen Bächen aus versengtem Fleisch treibt. Er weicht weiter zurück, lässt seinen Blick aber in den Flammen ruhen.

So steht er lange da, aufrecht, regungslos, schaut zu, wie das Feuer die Seele des Tieres vom faulen Gewebe befreit, riecht den Geruch der gebratenen, verbrannten und schließlich verkohlten Kreatur, sieht den Weg des Gewesenen – und wendet sich schließlich von ihm. Er nimmt die leichte Decke, die seine Freunde zurückgelassen haben, wickelt sie sich um den Bauch, fasst seinen Stab, der geduldig am Felsen gelehnt auf seinen Zugriff gewartet, und macht sich auf den Weg nach Hause. Tief im Innern des Feuers glühen grünlich leuchtend die Schalen seiner Vergangenheit.